Inhalt

»Herr, oh mein Herr«, rief Abraham und warf sich in den Staub. »Ist es wirklich wahr, daß mein Weib Sara im reifen Alter von neunzig Jahren noch einen Sohn gebären wird? Bei aller Ehrfurcht, ist das nicht ein Mißverständnis?«
»Sei frohen Mutes, Abraham, und fürchte nichts«, antwortete der Allmächtige. »Ich will deine Nachkommenschaft zahlreich machen wie den Staub der Erde.«
»Ich meinte nicht die Quantität, sondern die Qualität«, murmelte Abraham. »Ich selbst bin schon an die hundert Jahre alt, Herr, und nach allen biologischen Erkenntnissen werden die Früchte meines Alters ziemlich komische Geschöpfe sein.«
Doch der Himmel hüllte sich in Schweigen.
»So sei es denn«, erhob sich Abraham, »ich aber kann nichts dafür.«

Totalservice

Neulich besuchte ich die Seligs nebenan und fand sie im Gespräch mit einem aalglatten, auffallend smarten, jüngeren Mann, mit dem sie, wie sich herausstellte, ein größeres Transportproblem besprachen:

»Die Transport-Kosten«, erklärte der Aalglatte eben meinem Freund Felix, »beinhalten das Abholen des Klaviers vom Lagerhaus und die Aufstellung desselben in dieser Wohnung an jedem beliebigen Ort Ihrer Wahl.«

»Nun gut«, warf Erna Selig ein, »aber was ist, wenn Sie es fallen lassen?«

»Unsere Männer sind außerordentlich zuverlässig.« In die Stimme des Aals mischte sich ein Hauch Ungeduld. »Aber wenn der Kunde darauf besteht, sind wir natürlich gerne bereit, das zu transportierende Objekt zu versichern. Die Transportkosten würden sich somit um die Lappalie von 650 Shekel erhöhen.«

»Nein, nein«, sagte Felix. »Das kenne ich. Da vergeudet man dann Tage und Wochen vor Gericht, weil die Versicherung nicht zahlen will.«

»Das muß nicht sein«, sagte der Aal mit fester Stimme. »Gegen eine Extragebühr von 960 Shekel erhalten Sie eine Rechtsschutzversicherung, die Ihnen einen erfahrenen Anwalt zur Seite stellt. Der wird so lange um Ihre Sache kämpfen, bis die Versicherung jeden etwaigen Schaden, den Ihr Klavier während des Transports erlitten haben mag, ersetzt.«

Die Seligs begannen dahinzuwelken. Ich merkte, daß die ganze Transaktion für sie uninteressant wurde. Ich fragte sie, wozu sie denn überhaupt ein Klavier bräuchten.

»Ach«, hauchte Erna, »ich habe immer davon geträumt, daß mein Sohn eines Tages ein großer Musiker werden würde.«

»Kein Problem«, sagte der Transport-Aal. »Für eine geringfügige Gebühr von allerhöchstens 1760 Shekel garantieren wir Ihrem Sprößling eine musikalische Erziehung unter der Aufsicht hochqualifizierter Lehrer.«

Felix schürzte verächtlich die Lippen:

»Und was ist, wenn er dem Klavier keine Freude abgewinnt?«

»2800 Shekel in drei gleich großen Raten. Für diesen bescheidenen Zuschlag auf unsere Transportkosten stellen wir Ihnen einen anerkannten Kinderpsychologen zur Verfügung, der das Kind entsprechend motiviert.«

»Das ist sehr schön«, sagte Erna, und auf ihre

Wangen malte sich ein zartes Rot, »die Sache ist nur die, daß wir noch kein Kind haben...«
»Gegen ein einmaliges Entgelt von 3250 Shekel stellt meine Firma einen entsprechenden jungen Fachmann zur Verfügung.«
Hier mischte ich mich ein. »Entschuldigen Sie«, wandte ich mich an den Aal, »übernehmen Sie auch den Transport von Manuskripten an Verleger?«
»Selbstverständlich. Für 700 Shekel holen wir das Manuskript bei Ihnen ab und transportieren es durch geschulte Boten an das Verlagshaus Ihrer Wahl.«
»Aber ich habe noch nicht geschrieben...«
Kurz gesagt, dieses Buch kostete mich 4450 Shekel, einschließlich Schreiben, Lieferung und Korrektur. Ich habe beschlossen, mich gänzlich in die Hände der Aale zu begeben.

Erholung

Es begann damit, daß mich die beste Ehefrau von allen aus heiterem Himmel fragte, wo wir dieses Jahr unseren unvergeßlichen Urlaub verbringen würden.
»Du brauchst Urlaub«, diagnostizierte die Allerbeste. »Du brauchst ihn dringend.«
Meine Stellungnahme war kurz, präzise und unwiderruflich: »Auf meinem Schreibtisch türmt sich die unerledigte Arbeit, daher kann ich mir keinen Urlaub leisten. Ja mehr noch: ich fühle mich stark, kerngesund, überraschend jung und das allerletzte, was ich momentan brauche, ist ein Urlaub. Also, vergessen wir das. Und damit basta. Endgültig.«
Die nächsten zwei Tage verbrachte ich am Telefon, um in irgendeinem Ferienort ein menschenwürdiges Logis zu ergattern. Letzten Endes buchte ich irgend etwas in einem gottverlassenen galiläischen Kuhdorf, von dessen Existenz ich noch nie gehört hatte. Ich buchte nicht etwa, weil ich so sehr darauf erpicht war, die einheimischen Kühe kennenzulernen, sondern vielmehr, weil nach

zweitägigem telefonischem Amoklauf mein rechter Zeigefinger und das linke Ohr Anzeichen einer vorübergehenden Lähmung aufwiesen.
Alles, was ich dann noch zu tun hatte war, eine neue Badehose zu besorgen, weil meine alte zum Polieren des Tafelsilbers zweckentfremdet worden war. Gleich darauf mußte ich sie wieder umtauschen, weil der weibliche Teil der Familie angesichts der zu weiten Neuerwerbung in unmäßiges Prusten ausbrach.
Die nächste Badehose war zwar lila, dafür aber wie maßgeschneidert.
Ich mußte auch eine neue Sonnenbrille kaufen, weil die alte von der Sonne ausgeblichen war, ein Paar Sandalen, ein neues Sicherheitsschloß für unsere Wohnungstür sowie Mottenkugeln und eine robuste Reiseschreibmaschine.
Auch ein neuer Koffer war dringend erforderlich, um den Hotelportiers zu imponieren, eine Unterwasser-Taschenlampe und Vitaminpillen gegen Skorbut.
Dazu eine Unmenge Schlaftabletten sowie ein großer Reisewecker, um den Sonnenaufgang nicht zu versäumen.
Selbstverständlich eine Familienpackung Sonnenöl, ein Transistorradio für die Sportnachrichten, Fischfangausrüstung mit einer Packung frischer Würmer, eine neue leichtere Haarbürste, ein standesgemäßer Pyjama, vier Kilo Traubenzucker,

Reiseshampoo, Schlankheitstees, Göbbels Tagebuch, ein Moskitonetz und einen neuen Wagen.
Dann war nicht mehr viel zu tun. Ich mußte nur noch veranlassen,
daß uns die Morgenzeitung an die Urlaubsadresse nachgeschickt wird,
daß unser Nachbar Felix Selig täglich unseren Briefkasten leert,
daß der Briefträger die eingeschriebene Post, falls welche käme, Selig aushändigt,
daß Frau Blum die Bewässerung unserer Zimmerpflanzen übernimmt,
daß der Hund, die Katze, die Kinder, sowie der Goldfisch in die Obhut der Großeltern kommen.
Daß zwei diplomierte Krankenschwestern die Großeltern fachgerecht überwachen,
daß Frau Geiger die Reserveschlüssel zu unserer Wohnung aufbewahrt, um ein Auge auf bevorstehende Wasserrohrbrüche zu haben, wenn möglich vielleicht von Zeit zu Zeit die Lichter aufzudrehen und Lärm zu machen, um etwaige Einbrecher zu verscheuchen,
und daß Felix Selig ein Auge auf Frau Geiger habe, während sie in unserer Wohnung herumschnüffelt.
Zu guter Letzt mußte ich noch die Wohnung mit einer Zwei-Wochen-Ration Insektenschutzmittel ausprühen, Gas, Wasser und Strom abdrehen, den Telefonkundendienst beauftragen, eine um-

fangreiche Krankenversicherung abschließen, sowie Butter, Margarine und sonstige verderbliche Eßwaren aus dem Kühlschrank entfernen.
Dann allerdings brauchte ich dringend Urlaub.
Die beste Ehefrau von allen hatte wieder einmal recht gehabt.

PLX 45 L

Was mich betrifft, so gestehe ich offen, daß ich keine wie immer gearteten Neidkomplexe gegen irgendeine Gesellschaftsschicht, Kaste, Klasse oder Berufssparte in mir trage – außer natürlich gegen Politiker. Schließlich haben wir alle genügend eigene Sorgen und dazu auch noch etliche unserer Mitmenschen.

Nachdem das geklärt ist, muß ich allerdings zugeben, daß immerhin eine kleine Gruppe von Leuten ein recht beneidenswertes Leben führt: die Amateurfunker. Sie formieren sich in kleinen Cliquen, irgendwo zwischen 1256 und 1270 Kilo-Hertz, und führen faszinierende Zwiegespräche, wie zum Beispiel das folgende:

»Hallo! Hallo! Hier spricht Gamma-0-Delta Doppel-Zwölf Westminster Niagara. Ich rufe Mikro-2-Makro Intercom Rappaport. Ich wiederhole. (Und genau das tut er.) Bitte kommen. Bitte kommen. Hier spricht Gamma-0-Delta Doppel-Zwölf Westminster Niagara, bitte sprechen!«

Worauf einige Bips und Bups zu vernehmen sind, gefolgt von der Antwort:

»Hier spricht Mikro-2-Makro Intercom Rappaport. Wie geht's, Fritzi? Kannst du mich gut hören? Mikro-2-Makro Intercom Rappaport Ende.«

»Hier spricht Gamma-0-Delta Doppel-Zwölf Westminster Niagara. Ich kann dich gut verstehen, aber mir kommt vor, daß der Frequenz-Converter von deiner 3PLX Modulationseinheit eine leichte Rückkopplung hat. Gamma-0-Delta Doppel-Zwölf Westminster Niagara Ende.«

Zu diesem Zeitpunkt wird die Stimme von Mikro-2-Makro brüchig und ist kaum noch zu verstehen:

»Hier spricht Mikro-2-Makro Intercom Rappaport. Danke für den Tip, Freund, ich habe den frontalen Sende-Entzerrer auf Impuls F-12 gestellt. Kannst du mich jetzt besser hören, Fritzi? Mikro-2-Makro Intercom Rappaport Ende.«

»Hier spricht Gamma-0-Delta Doppel-Zwölf Westminster Niagara. Dein Zykloston ist nicht ricntig zentriert. Außerdem glaube ich, daß dein Elektroden-Verwutzler überheizt ist. Weißt du was, ich komme mit dem Lötkolben runter. Gamma-0-Delta...«

Worauf Gamma-0-Delta eine Treppe hinuntereilt, wo ihn Mikro-2-Rappaport an der offenen Tür erwartet. Nachdem der Schaden behoben ist, begibt Fritzi sich wieder in das obere Stockwerk,

setzt sich an seinen Elektroden-Verwutzler und beginnt wieder zu senden, Gamma-0-Delta Doppel-Zwölf Westminster…
Das, liebe Freunde, sind die einzigen Menschen in der Welt, die ich wirklich beneide.

Emanzipation

Vorige Woche las ich in der Zeitung, daß ein Funktionär unseres olympischen Teams aus nicht näher erläuterten Gründen abberufen wurde. Als ich ihm kurz danach begegnete, bot er ein Bild des Jammers.

»Die Geschichte ist zu peinlich«, gestand er. »Ich kann nur hoffen, daß wir sie irgendwie vertuschen werden.«

»Mir können Sie vertrauen, erzählen Sie ruhig alles«, versicherte ich ihm. »Ich verspreche Ihnen, die Geschichte bestimmt nicht in meinem nächsten Buch ›Abraham kann nichts dafür‹ zu verwenden.«

»Ich danke Ihnen von ganzem Herzen«, sagte der Funktionär. »Ich würde vor Scham sterben, wenn das jemals an die Öffentlichkeit käme. Ich beginne am besten von vorn: es war uns natürlich von Anfang an klar, wie aussichtslos ein olympischer Sieg für unsere Mannschaft sein würde. Wir sagten uns aber, wir können es uns einfach nicht leisten, in jeder Disziplin den letzten Platz zu belegen. Also was tun?«

»Ja, was denn?«
»Kennen Sie Eli Rubin?«
»Den Diskuswerfer?«
»Ja. Er hält seit 24 Jahren den israelischen Rekord. Natürlich wußten wir, daß das nicht genügen würde, um bei der Olympiade irgendeine Medaille zu gewinnen. Aber, so überlegten wir, wenn Rubin die Chance hätte, gegen Frauen anzutreten ...«
»Was?«
»Glauben Sie mir, wir haben es in bester Absicht getan. Für Gott und Vaterland, wie man so sagt. Wir wollten zumindest ein bißchen Eindruck hinterlassen. Damit die anderen Nationen sehen, was unsere wackere Jugend noch alles leisten kann. Rubin hat zunächst abgelehnt. Wir schilderten ihm in den leuchtendsten Farben seinen Triumph auf dem Siegerpodest, das Publikum, wie es sich zu unserer Nationalhymne erhebt, den tosenden Applaus, die im Sonnenschein glitzernde Goldmedaille. Aber Rubin war nicht zu erweichen. Erst als er kapierte, daß ihm vierzehn lange Tage im Damenlager winkten, willigte er ein, der gute Eli. Wir taten unser Bestes, um ihn für seine Sondermission vorzubereiten. Aber ich möchte hier nicht ins Detail gehen.«
»Ich verstehe.«
»Zugegeben, er sah ein bißchen seltsam aus, unser umgebauter Sportsmann, aber wir waren über-

zeugt, das würde nicht weiter auffallen. Die meisten Sportlerinnen sind ja nicht gerade der Inbegriff weiblicher Schönheit. Zum Schluß änderten wir noch seinen Vornamen von Eli auf Eliana, und, um auf Nummer sicher zu gehen, seinen Zunamen auf Rubinowa. Wir dachten an alles. Die Geheimaktion war geplant bis zur letzten Falte in seinem Rock, und es konnte nach menschlichem Ermessen einfach nichts schiefgehen.«

»Das war ein Genieblitz.«

»Oh ja, so haben wir uns auch gefühlt. Eliana Rubinowa fuhr also nach Los Angeles, wurde planmäßig ins Frauenlager gesteckt und trainierte Tag für Tag mit den anderen Mädchen. Niemand schöpfte auch nur den geringsten Verdacht. Endlich kam der große Tag. Ich kann Ihnen nicht beschreiben, wie ergreifend es war, als unser Favorit voll Anmut das Stadion betrat und den Diskus in seine Hände nahm. Unsere Herzen schlugen bis zum Hals. Und dann geschah es...«

»Was geschah?«

»Sie wurde letzter.«

Dr. Finkelstein

Ich schlenderte die Hauptstraße entlang und fand mich plötzlich inmitten eines kleinen Menschenauflaufs, der sich um einen Verkaufsstand drängte. Im Mittelpunkt des allgemeinen Interesses stand ein stämmiger junger Mann, redegewandt und sonnengebräunt, der ein fleckiges Tuch vor den Augen seiner Zuschauer herumschwenkte und dazu in atemberaubendem Tempo herunterleierte:

»... die liebe Frau Gemahlin schreit, tobt, droht mit Scheidung: ›Schämst du dich nicht, du Schmutzfink, du hast schon wieder einen Fleck auf der Hose, dem Hemd, dem Pyjama oder sonst wo!‹, aber das soll kein Problem mehr sein, lieber Ehegatte, du nimmst ganz einfach Dr. Finkelsteins Wundertinktur direkt aus Amerika, zum ersten Mal auch bei uns erhältlich, tust ein kleines Quentchen auf den Fleck, kurz mit klarem Wasser durchspülen und die liebe Frau Gemahlin hört schlagartig auf zu schimpfen, hört auf zu schreien, hört auf zu toben, denn der Fleck ist wie vom Erdboden verschwunden, die liebe Gattin ist besänftigt, küßt ihren makellosen Gatten und die Ehe ist wieder einmal gerettet, die Ehe blüht, die Ehe gedeiht...«

So sprach der gebräunte Sprachjongleur, während er tatsächlich vor den Augen der atemberaubten Menge ein Wunder wirkte: er tauchte das fleckige Tuch zunächst in eine Lauge, dann in Benzin, dann in Zitronensaft, zuletzt in Soda-Bikarbonat – und nichts geschah. Erst als er das Tuch mit Dr. Finkelsteins Wundertinktur aus Amerika bestrich und in klares Wasser tauchte, war der Fleck verschwunden, war der Fleck hinweg, war der Fleck nicht mehr zu sehn...

»Daher«, informierte uns der junge Mann, »wenn die liebe Frau Gemahlin schreit, tobt und mit Scheidung droht, nicht verzagen, der gute Gatte nimmt ein Quentchen von Dr. Finkelstein aus Amerika, bekommt einen Kuß, und das alles nur für ein paar lumpige Groschen, nicht teurer als ein Dutzend Salzmandeln, das muß Ihnen die Ehe wert sein, meine Damen und Herren, dazu drei Jahre Garantie...«

Natürlich wußte ich sofort, daß mir ein gütiges Geschick den sonnengebräunten Redekünstler über den Weg geschickt haben mußte. Ich erstand auf der Stelle fünf Portionen der Wundertinktur einschließlich fünf Gebrauchsanweisungen, die Dr. Finkelstein aus Amerika handsigniert hatte. Ich eilte heimwärts, goß sofort eine Büchse

Schmieröl über unser bestes Damasttischtuch und die liebe Frau Gemahlin schreit, tobt, droht mit Scheidung, aber nicht verzagen, Weib, ich gebe nur ein Quentchen von Dr. Finkelsteins Wundertinktur direkt aus Amerika auf den Fleck, kurz mit klarem Wasser durchspülen, und der Fleck ist wie neu, der Fleck überstrahlt alles, der Fleck bleibt...

Dann erst fiel mir ein, daß die Wundertinktur vermutlich nur eine ganz bestimmte Spezies von Wunderflecken beseitigen kann, und daß der Wunderfleck sicherlich ebenfalls von Dr. Finkelstein aus Amerika erfunden wurde.

Ich eilte zurück zur Hauptstraße, aber der Sonnengebräunte hatte sich vermutlich mit seiner Wundertinktur bestrichen, denn er war spurlos verschwunden. Sollte er dies lesen, dann ersuche ich ihn hiermit, mir fünf Portionen Wunderflekken zuzusenden.

Per Eilpost.

J. R.!

Ich habe J. R. persönlich gesehen. Bei J. R., ich habe ihn gesehen! Und zwar anläßlich der israelischen Filmfestspiele in Tiberias, wo J. R. Ehrengast war. Ich habe J. R. sogar berührt. Genaugenommen zweimal. Einmal mit dem Zeigefinger der linken Hand, als J. R. sich an der Menschenschlange vor dem Kino vorbeidrängte, und ein zweites Mal mit meiner rechten Hand, als ich J. R. später auf der Cocktailparty vorgestellt wurde: »J. R.«, sagte jemand zu J. R., »das ist einer Ihrer Bewunderer.«

J. R. lächelte sehr höflich und stellte sich ebenfalls vor. Allerdings nicht als J. R. Er nannte einen anderen Namen, der so ähnlich wie Fachmann klang. Ich versicherte J. R., daß ich noch nie eine Dallas-Folge versäumt hätte, und J. R. schien gerührt. Anscheinend hört er nicht allzu oft derartige Komplimente.

Danach hielt J. R. eine Rede und erzählte uns einiges von J. R. Das Publikum jubelte und klatschte wie wild. Und zwar im Rhythmus von »Dsche! Dsche! Dsche-dsche-ahr!«. J. R. lächelte,

während einige Schweißperlen auf seiner Stirn hervortraten. Auf dem Platz vor dem Kino gab es keine Klimaanlage.
Dann wurde J. R. auf der Bühne, die mit bezaubernden, leicht hitzegeschädigten, künstlichen Blumen dekoriert war, willkommen geheißen, und zwar von neunzehn verschiedenen öffentlichen Rednern. Jeder einzelne ein erklärter Dallas-Fan. Sie teilten J. R. mit, daß sich »unsere Stadt zutiefst geehrt fühle, J. R. höchstpersönlich in ihren Mauern beherbergen zu dürfen.«
Dann aber erschien seine Exzellenz, der Minister, und erzählte eine lustige Geschichte über J. R., die ihm J. R. vorher erzählt hatte. Er erzählte die lustige Geschichte auf englisch, damit sie J. R. auch verstehen konnte. J. R. lachte besonders herzlich. Sie hat ihm gefallen.
Nach den Reden kam irgendein Kulturreferent. Er wollte ein Autogramm von J. R. haben, allerdings mit dem Zusatz: »Alles Liebe für die kleine Rebekka von J. R.« J. R. kritzelte im Stehen auf eine Papierserviette: J. R.
Anschließend nahm J. R. seinen Ehrenplatz ein, um das Filmfestival zu genießen. Es begann mit einem geologischen Dokumentarfilm. Der Haken war nur, daß die Geologen neuhebräisch sprachen, was vielleicht J. R.'s Vergnügen ein wenig getrübt haben mag. Jedenfalls wirkte J. R. nach dreieinhalb Stunden Dokumentarfilm ein wenig

erschöpft. Es gelang ihm aber noch immer, freundlich zu lächeln, während das Publikum J. R. mit den Fingern berührte und J. R. mit schmeichelhaften Äußerungen überschüttete, wie: »Hallo, J. R.! Hast du uns ein bißchen Öl mitgebracht, J. R.?« Und dazu klatschten sie wie verrückt, vermutlich in der Hoffnung, daß J. R. ihnen eine Nummer aus Dallas vorführen würde.

Dann aber wurden im Garten Cocktails gereicht, und die Haute Volée von Tiberias aß ihre Käsebrötchen so nahe bei J. R. wie nur irgend möglich, denn die Leute vom Fernsehen waren nur für J. R. gekommen, und jedermann wußte, wo immer sich J. R. befand, gäbe es eine Chance, in die Spätnachrichten zu kommen.

Ein Stadtrat küßte J. R., und seine Schwiegertochter machte ein Photo mit Blitzlicht. Da hatte es dieser unverschämte Kerl doch tatsächlich geschafft, einen Schnappschuß in inniger Umarmung mit J. R. zu kriegen.

Eine alte Dame hing den ganzen Abend an J. R.'s Ärmel und erzählte ihm immer wieder, wie glücklich sie sei, daß J. R. endlich aus dem Krankenhaus von Dallas entlassen worden sei, und ob er, nämlich J. R., immer noch große Schmerzen habe. J. R. begann schwer zu atmen. Außerdem begann J. R. nach den Veranstaltern zu suchen, die ihn eingeladen hatten, aber er konnte sie nicht ausfindig machen. Die Leute applaudierten ohne Unterlaß und riefen: »Ist er nicht Klasse, dieser verfluchte Teufelskerl?«

Was mich betrifft, so wurde ich J. R. persönlich vorgestellt: »J. R.«, sagte jemand, »das ist einer Ihrer Bewunderer«, aber ich glaube, das habe ich schon erzählt. Jedenfalls war es ungeheuer interessant, ihn persönlich zu sehen, diesen, wie heißt er nur, J. R. Er sieht genauso aus wie in Dallas. Aber im wirklichen Leben ist er noch mehr J. R. als J. R. selbst.

Der Stadt Tiberias jedenfalls wird nach dem Besuch von J. R. niemand mehr vorhalten können, ein Provinznest zu sein.

Ich bin noch immer außer mir. Wegen J. R.

Unter uns gesagt, da gab es einen fast historischen Augenblick, wo ich nahe daran war, J. R.'s Taschentuch zu stibitzen, aber im letzten Moment scheute ich davor zurück.

Gott sieht alles. Außer Dallas.

Wohnungsmarkt

Draußen regnete es, und auch unser beharrliches Schweigen hatte etwas Winterliches. Es war Freitag nachmittag, und unseren Kaffee hatten wir ausgetrunken. Wir saßen in unserem Stammkaffee, Jossele und ich, und warteten auf ein Naturereignis.

»Wir müssen irgend etwas unternehmen«, meinte Jossele nach längerem Nachdenken. »Das Leben ist schwer genug. Und jetzt kommt noch diese schreckliche Wohnungsnot hinzu. Die Baukosten werden von Tag zu Tag höher, Wohnungen sind unerschwinglich teuer, und kein Mensch ist bereit, etwas dagegen zu tun.«

»Willst du vielleicht Maurer werden?« fragte ich verstimmt.

»Das nicht«, erklärte Jossele, »aber ich könnte mich eventuell als Wohnungsvermittler versuchen.«

Sprachs und winkte den Kellner an unseren Tisch. Er informierte ihn flugs, daß er vor fünf Minuten eine renommierte Wohnungsmaklerfirma gegründet hätte, und bereit sei, für jeden Kunden, den

ihm der Kellner brächte, fünfzig Shekel in bar als Provision zu zahlen.
Wenige Minuten später erschien der erste hoffnungsvolle Klient.
»Nehmen Sie Platz«, sagte Jossele, »was für eine Wohnung stellen Sie sich vor?«
»Zwei Zimmer und ein Atelier«, strahlte der Interessent, »mit einem großen Küchenbalkon, im Zentrum der Stadt.«
»Ich glaube, ich habe das Richtige für Sie«, meinte Jossele, »aber lassen Sie mich vorerst meine Bedingungen nennen. Ich stelle Ihnen eine Liste von entsprechenden Wohnungen zur Verfügung, Sie schauen sich das Angebot an und sprechen mit den Eigentümern. Ich verlange keine Vorauszahlung. Aber wenn das Geschäft zustandekommt, zahlen Sie mir drei Prozent Vermittlungsgebühr.«
»Natürlich«, sagte der Klient, »das klingt fair.«
»Herr Ober«, rief Jossele den Kellner. »Bringen Sie mir die Zeitungen.«
Der Kellner brachte einen ganzen Stoß. Jossele wies unseren Klienten an, Zettel und Bleistift zu nehmen und alle Adressen abzuschreiben. In den Zeitungen waren Unmengen von Wohnungen angeboten. Es war Freitag, und die Wochenendausgaben platzten vor Inseraten. Unser Kundenerstling notierte sich an die dreißig Adressen, unterschrieb den eilig improvisierten Vertrag und machte dem nächsten Klienten Platz.

»Sehr schön«, bemerkte Jossele, »das Geschäft läuft.«
Inzwischen hatte sich vor unserem Tisch eine Menschenschlange gebildet. Wir leisteten 28 hoffnungsvollen Wohnungsjägern professionellen Beistand, und pünktlich um fünf Uhr schlossen wir unser Büro. Während der letzten Stunde hatte Jossele hauptsächlich Verträge aufgesetzt, die er sich unterschreiben ließ, während ich die Zeitungen durchkämmte.
Nun, ein Unternehmen wie dieses birgt natürlich seine Risiken. Bis zum Abend kamen nur drei Klienten von 28 (!) zurück und zahlten 65 072 Shekel Vermittlungsgebühren. Zugegeben, wir waren etwas enttäuscht. Verstimmt zahlten wir dem Ober sechs Kaffee und drei Provisionen.
»Da tut man sein Bestes, um seinen Mitmenschen zu helfen, und was ist der Dank dafür? Ich bin überzeugt, daß wesentlich mehr Klienten durch unsere Bemühungen zu einem Dach über dem Kopf gelangt sind als jetzt gezahlt haben«, bemerkte Jossele stocksauer und zog die Rolläden des Kaffees herunter.
»Lauter Betrüger!«

Verfolgungswahn

Ich hatte eine Ehrenkarte zu einem Konzert bekommen, was nicht unbedingt eine große Ehre war, da alle Musikkenner den Gastdirigenten für eine Zumutung hielten. Ich entschloß mich, trotzdem hinzugehen. Erstens, weil ich mich zu ängstlichen Dirigenten mit bescheidenen Taktstockbewegungen hingezogen fühle, und zweitens, weil das Fernsehen das Konzert nicht in Stereo übertrug.

Auf dem Weg zum Theater tauchte plötzlich ein Polizist vor meinem Wagen auf und stoppte mich.

»Diese Woche habe ich meinen Strafzettel schon bekommen, Inspektor«, wehrte ich mich und zeigte das Schriftstück voller Stolz. »Versuchen Sie es nächste Woche wieder.«

Das Auge des Gesetzes ignorierte meine Äußerung, riß die Autotür auf, ließ sich auf den Beifahrersitz fallen und kommandierte: »Fahren Sie los.«

»Ich denke nicht daran«, sagte ich, »verlassen Sie sofort meinen Wagen.«

»Vergeuden Sie keine Zeit«, brüllte der Polizist,

»sehen Sie zu, daß Sie den blauen Fiat dort kriegen! Wir müssen ihn stellen.«
»Warum?«
»Ich habe gesehen, wie er gegen eine Einbahnstraße gefahren ist. Aber er ist mir entkommen, der Schuft. Los! Geben Sie Gas!«
Das Jagdfieber packte mich und ich sauste los. Aber der blaue Fiat merkte sehr bald, daß wir auf seiner Fährte waren und steigerte das Tempo.
»Steigen Sie aufs Gas«, befahl mein Passagier. »Haben Sie genügend Benzin?«
Mir fiel plötzlich ein, daß ich Wichtigeres zu tun hatte:
»Hören Sie, ich habe eine Ehrenkarte für ein Konzert«, protestierte ich, »und ich habe bestimmt schon den Anfang versäumt.«
Er hatte auch Wichtigeres zu tun:
»Musik? Unsinn!« fuhr mich das Sicherheitsorgan an. »Da können Sie auch morgen hingehen. Etwas schneller, bitte.«
»Es ist eine Ehrenkarte«, zischte ich zurück, »lassen Sie wenigstens mich aussteigen.«
Inzwischen waren wir in den Vororten angelangt, der blaue Fiat und wir.
»Ich hatte auch einmal eine Ehrenkarte für den Zirkus und konnte nicht hingehen, weil mein Sohn die Masern bekommen hat. Das ist nicht das Ende der Welt.«
Schließlich ging uns der Fiat auf der Autobahn ins

Netz. Ich überholte ihn und stieg vor ihm hart auf die Bremse, worauf er mit aller Wucht in mich hineinkrachte. Der Polizist schoß wie eine Rakete aus dem Wagen und stürzte sich auf den Verkehrssünder.

Nach einem kurzen, aber heftigen Handgemenge kam er etwas angeschlagen zurück und meinte, es müßte sich um einen anderen blauen Fiat gehandelt haben. Vielleicht sollten wir in der Stadt noch einige Runden drehen. Mit etwas Glück könnten wir den Richtigen doch noch kriegen.

Ich sagte: »Ohne mich, Inspektor, mir reicht's.«

Daraufhin wünschte er meine Papiere zu sehen.

»Ihre Versicherungskarte ist gestern abgelaufen«, sagte er. »Tut mir leid, aber ich habe meine Vorschriften. Sie kriegen einen Strafzettel.«

So haben wir schließlich doch noch etwas erreicht. Nach unserer langen und dramatischen Verfolgungsjagd haben wir wenigstens mich erwischt.

Geistesblitze

Alle mir bekannten Menschen versuchen Witz zu versprühen, wenn sie in Gesellschaft sind. Doch kann man diejenigen, die das wirklich können, an einem Finger abzählen. Ebenso bringt jede Zeitung, die etwas auf sich hält, regelmäßig geistvolle Zitate, unvergängliche Aussprüche, kurz gesagt, Geistesblitze. Diese Perlen der Weisheit werden dem unbefangenen Leser auf den Flügeln des Genies serviert, worauf dieser pflichtgemäß in Ehrfurcht erschauert.

Unter uns gesagt, gibt es nicht den geringsten Grund dafür. Ganz im Gegenteil. Der unbefangene Leser kann nämlich ebenso geistvolle Äußerungen von sich geben, wenn er sie vorsichtshalber mit einer respektablen Quellenangabe versieht. Die Erfahrung lehrt uns, daß fast jedem Wort Flügel wachsen können, wenn man behauptet, daß es von Bernhard Shaw oder von Winston Churchill stammt. Notfalls kann man sich auch mit Albert Schweitzer oder Zsa Zsa Gabor aushelfen.

Im folgenden seien also ein paar Beispiele angeführt, wie wir sie fast täglich in Zeitungen und Illustrierten lesen können. Vor allem dann, wenn die Redakteure nicht wissen, wie sie die leeren Spalten füllen sollen:

»Das Leben ist wie ein Koffer. Er ist leicht zu tragen, solange er leer ist. Ist er aber voll – ruf einen Träger!« (Niccolo Machiavelli)

»Ein Chinese – Einsamkeit. Zwei Chinesen – ein Paar. Drei Chinesen – ein Problem.« (Federico Garcia Lorca)

»Was ist das Geheimnis des idealen Liebhabers? Daß er sich vor dem Gatten zu Tode fürchtet.« (La Rochefoucauld)

»Eine große Frau – hinaufschauen. Eine kleine Frau – hinunterschauen.« (Persisches Sprichwort)

»Die Romantiker des Mittelalters haben das Taubenpaar zum Symbol der ewigen Liebe gewählt. Für mich persönlich bedeutet ein Taubenpaar zwei Schwerhörige.« (Walther von der Vogelweise)

»Eine Straße überqueren.« (Nietzsche)

»Manche Leute öffnen ein Harmonium so, als ob sie es schließen würden. Wohingegen andere es schließen, als ob sie es öffnen wollten.« (Johann Sebastian Bach)

»Wer braucht was?« (Erzbischof von Canterbury)

»Die Menschheit würde weniger Schlaftabletten brauchen, wenn man endlich die Frösche in meinem Garten umbringen würde.« (Josef Birnbaum, Tel Aviv)

Und so weiter. Wie mir scheint, hat die heutige Presse ... ach, Verzeihung:

»Die heutige Presse hat nichts so nötig wie einen Geistesblitzableiter.« (E. Kishon)

Auskunft

Gestern abend um 19 Uhr 03 wurde ich von der jordanischen Armee gefangen genommen.
Die Geschichte begann am Tag zuvor, als ich eine Einladung zur feierlichen Eröffnung von irgend etwas bekommen hatte und sie gleich darauf verlor. Das einzige, woran ich mich erinnern konnte, war die Straße. Genauer gesagt, das Kriechtier, nach dem die Straße benannt war.
Mit eherner Logik folgerte ich daraus, daß es sich nur um die Salamanderstraße Nummer 117 handeln konnte.
Ich begab mich zur Bushaltestelle im Zentrum der Stadt und erkundigte mich am Informationsschalter, welcher Bus mich bitteschön in die Salamanderstraße bringen würde? Ich wurde zurückgefragt, welchen Teil der Salamanderstraße ich meinte, und ich sagte Nummer 117. Der Verkehrsexperte teilte mir mit, daß ich zunächst in den Bus Nummer 5 ein- und nach acht Stationen in den Bus Nummer 81 umsteigen solle.
Ich befolgte seine Anweisungen, kam aber woanders an. Ich fragte einen Passanten, wo bitteschön

die Salamanderstraße liege. Er meinte mit vielsagendem Kopfschütteln, daß ich ganz woanders wäre und noch ein gutes Stück Weges vor mir hätte. Genauer gesagt: geradeaus und dann scharf nach links abbiegen. Ich bedankte mich höflich, begab mich scharf geradeaus und erreichte ohne Probleme eine schöne Straße, die ganz anders hieß.

Ich fragte einen diensthabenden Polizisten, ob er bitteschön eine Ahnung hätte, wo die Salamanderstraße zu finden sei. Der Polizist holte ein Straßenverzeichnis hervor, blätterte, blätterte, blätterte und teilte mir schließlich mit, daß es sich um einen Irrtum handle. Die Salamanderstraße, die ich suchte, wäre vermutlich die Salzberger, vielleicht aber auch die Grünbergerstraße, ich möge doch bitteschön in die entgegengesetzte Richtung gehen, bis ich zu einer ausgebrannten Tankstelle käme, dann nach rechts abbiegen und scharf fragen.

Ich tat wie mir geheißen, aber es stellte sich heraus, daß es weit und breit keine wie immer geartete Salzbergerstraße gab. Also fragte ich einen mir entgegenkommenden Eingeborenen, wo bitteschön die Grünbergerstraße oder so ähnlich sei. Bedenklich schüttelte er den Kopf und versicherte mir, daß das eine problematische Adresse sei, ich möge ihn doch bitteschön einen Moment nachdenken lassen. Ach ja, rechts abbiegen, dann noch einmal rechts, dann würde ich an einem grünen Kiosk vorbeigehen, danach aber weder die erste noch die dritte, sondern die zweite Straße nach rechts oder nach links abbiegen. Oder so ähnlich. Ich dankte ihm höflich und ging. Ich kam bitteschön bis zu einem grünen Zaun und stellte fest, daß ich im Kreis gelaufen war. Ich marschierte also in die entgegengesetzte Richtung, was zur Folge hatte, daß immer weniger Häuser, dafür aber immer mehr Esel meinen Weg säumten. Sowie etliche Sanddünen.

Ich fragte einen ansässigen Schäfer, ob das hier die Salamanderstraße wäre, und er versicherte mir, daß es nicht mehr weit sein könne. Ich möge doch bis zu jenem Wasserturm gehen und von dort seien es bitteschön nur mehr einige Schritte...

Ich erreichte den Wasserturm, labte mich ein wenig und fand einen würdigen Greis, den ich höflich fragte, wo bitteschön die Salamanderstraße wäre. Der würdige Greis war etwas taub, also nahm er Zuflucht zur Zeichensprache und wies mich an, immer ostwärts zu gehen und dann scharf nach rechts abzubiegen.

Ich befolgte seine Direktiven und begegnete einem jungen arabischen Nachtwächter, den ich bitteschön nach der Salamanderstraße fragte. Er teilte mir mit, daß ich eben die jordanische Grenze überschritten hätte und nahm mich fest. Auf dem Weg zur örtlichen Grenzpolizei gab er seiner

Annahme Ausdruck, daß die Salamanderstraße oder so ähnlich in der Gegend sein müßte, aber wo, könne er mir augenblicklich nicht genau sagen.
Er würde sich in Kuweit bei nächster Gelegenheit erkundigen.

Damenschuhe

Die Menschenschlange vor der Bushaltestelle reichte bis zum Schaufenster eines Schuhgeschäfts. Ein junges Paar stand vor der Auslage. Die Frau betrachtete die Schuhe, der Blick ihres Gatten verlor sich irgendwo im blauen Nichts.
»Wie gefallen dir diese hübschen grünen dort«, sagte sie. »Die Farbe würde genau zu meiner neuen Handtasche passen, aber die Stöckel sind zu niedrig, und ich würde mir zu klein vorkommen, schau, diese roten dort drüben wären nicht schlecht, es ist nur schade, daß die Schnalle auf der Seite ist, außerdem gefallen mir diese schwarzen dort drüben viel besser, obwohl sie aus Wildleder sind, und Wildleder wirkt nach kurzer Zeit so schäbig, daß man sich nicht mehr unter die Leute trauen kann, aber dieses gelbe Paar da drüben mit dem grauen Futter würde mir doch gut passen, wenngleich ich wetten könnte, daß sie sie nicht in meiner Größe haben, ich werde es nie verstehen, warum sie diese hübschen Schuhe nie in den kleinen Größen anfertigen, aber schau, diese blauen da drüben, die wären genau das Richtige, das ist

genau die Farbe von meinem neuen Kaschmirkostüm, aber ich kann diese hohe Verschnürung nicht leiden, das rutscht beim Gehen immer herunter, darum werde ich mich für diese lila Schuhe mit der Kreppsohle entscheiden, obwohl Kreppsohlen in der Hitze nicht angenehm zu tragen sind, schade, diese braunen dort in der linken Ecke dürften aus Lack sein, wenn man damit in den Regen kommt, bleiben scheußliche Flecken und die silbernen da oben sind besonders lieb, aber die haben so Löcher auf der Seite und da bekommt man immer Sand in die Schuhe und kleine Kieselsteine und diese türkisen da drüben sind auch nicht gut, weil sie zu flache Absätze haben, überhaupt mag ich mehr Schuhe, die weniger auffällig sind wie diese kanariengelben dort, die wären bezaubernd, aber die Masche hier stört mich, ich versteh nicht warum die Schuherzeuger nicht ein bißchen mehr Geschmack entwickeln können, das einzige, was sie interessiert, ist Geld und diese weißen da wären auch nicht schlecht, nur ist weiß furchtbar empfindlich und schwer sauber zu halten und dieses kreidige Zeug, das man darüber schmiert, das färbt immer auf die Strümpfe ab, und diese giftgrünen da wären wunderbar, aber ich habe gehört, daß die spitzen Modelle nicht mehr ›in‹ sind und überhaupt trägt man demnächst Schuhe ganz ohne Verzierungen und hinten kommt irgendein Gummiband hinein, damit man sie beim Gehen nicht verliert, so wie diese hellblauen dort drüben, aber ich vertrage den Gummi nicht und die da mit dem orangefarbenen Knopf sehen ja ganz gut aus, aber die werden nicht einmal einen Monat lang halten, weil die Stöckel zu hoch sind und überhaupt das einzige, wofür ihr Männer euch interessiert, ist, daß man gut ausschaut darin, wie man damit geht, ist euch ganz egal und jetzt komm auf die andere Straßenseite, weil ich habe drüben bei Rothmann ein unwiderstehliches Modell gesehen und zwar in hahnenkammrot mit einem kleinen Rosenmuster rundherum, was ist mit dir, warum kommst du nicht, um Gottes Willen, was ist passiert, Hilfe, mein Mann fühlt sich nicht gut, das muß gewiß die Hitze sein, würden Sie ihn bitte rübertragen zu Rothmann, danke sehr.«

Kraftprobe

Es war einmal ein Minister, der, wie das so üblich ist, eines Tages etwas ganz Blödsinniges tat. Das ist zwar, wie gesagt, nicht ungewöhnlich, aber aus unerfindlichen Gründen wurde die Bevölkerung diesmal ungeduldig und forderte seinen Rücktritt. Natürlich war sich der Minister seiner moralischen Belastung für die Parteikollegen durchaus bewußt. Er ersuchte daher den Ministerpräsidenten, ihn angesichts der delikaten Lage nach Übersee zu versetzen, wo er eine Reihe landwirtschaftlicher Projekte aus erziehungspolitischer Sicht überprüfen würde.

Der Minister verbrachte zwei lange Monate in den weiten Kakteenfeldern von Las Vegas, aber überraschenderweise behielt ihn die Bevölkerung in Erinnerung. Kaum kehrte er zurück, eröffnete die Presse einen Feldzug gegen ihn, der die Vorzüge seiner Frühpensionierung pries.

Der Minister nahm es nicht leicht. Er beauftragte einen seiner Sekretäre, alle Zeitungsausschnitte zu sammeln, in denen sein Name erwähnt wurde. Weitere Schritte unternahm er vorläufig nicht.

Das aufgebrachte Volk veranstaltete eine Massendemonstration vor den Fenstern des Ministeriums. Der Pöbel brüllte aus Leibeskräften: »Großes Tier, verschwind von hier!«
Der Minister beugte sich der Stimme des Volkes und übersiedelte mit dem gesamten Stab auf seinen Sommersitz.
Aber da brach der Sturm erst richtig los.
Die Jugendverbände des Landes taten sich zusammen, fuhren ihm nach und organisierten einen Fackelzug. In riesigen Lettern sprayten die Demonstranten auf die Mauern: »Geh freiwillig, solange es noch geht!«
Der Minister faßte höchstpersönlich einen Entschluß und zog in ein Hotel.
Jetzt griffen die Gewerkschaften zu harten Maßnahmen: man verfügte einen Generalstreik. Am nächsten Tag gab es keinen Strom, kein Gas, kein Wasser, keine Autobusse, keine Kinos und kein gutes Wetter. Nach einer Woche war das Land am Ende. Das Leben wurde unerträglich. Jedermann fühlte, daß die historische Wende in dieser Auseinandersetzung zwischen Minister und Öffentlichkeit kurz bevorstünde...
Da geschah das Unvermeidliche.
Am siebenten Tag trat die Öffentlichkeit zurück.

Linzertorte

Linz ist eine wohlbekannte österreichische Stadt – soviel ich weiß, die drittgrößte des Landes – und sie übertrifft alle übrigen Städte Österreichs vor allem dadurch, daß sie Linz heißt und nicht anders.
Linz besteht aus etlichen Straßen, Plätzen, Häusern, Geschäften und was man eben sonst noch in einer außerordentlich sympathischen Stadt dieser Größe anzutreffen erwartet.
Außerdem besitzt Linz mindestens eine eigene Zeitung, und da liegt der Hund begraben.

★

Vor einiger Zeit wurde ich nämlich eingeladen, in Linzer Kulturkreisen einen Vortrag über Israel zu halten, über die schöne Landschaft, die heiligen Stätten und über die traditionsreiche israelische Inflation.
Etwa eine Stunde vor Veranstaltungsbeginn tauchte ein junger Mann in meinem Hotel auf. Er stellte sich als Berichterstatter der bedeutendsten

Linzer Gazette vor, präsentierte mir ein offizielles Schreiben seiner Heimatgemeinde, sowie eine erschreckend lange Liste vorbereiteter Stichwörter.

»Ist das Ihr erster Besuch in Linz?« begann er das Interview.

»Ja.«

»Warum?«

Ich stockte. Ich war noch nicht dazu gekommen, mich mit dieser Problematik richtig auseinanderzusetzen. Man konnte fast sagen, daß ich auf die Frage nicht genügend vorbereitet war.

»Nun ja«, murmelte ich schließlich, »ich muß zugeben, daß ich noch nie in Linz war. Aber jetzt bin ich sehr froh, sagen zu dürfen, daß ich hier bin.«

»Werden Sie Linz wieder besuchen?«

»Höchstwahrscheinlich.«

Mein junger Mann war sichtlich sehr erbaut, dies zu hören, denn, so versicherte er mir, Linz wäre eine der schönsten Städte der Welt. In diesem Zusammenhang wollte er wissen, was ich von Linz halte.

»Linz ist schön«, versicherte ich ihm.

Dem leicht beleidigten Gesichtsausdruck des jungen Redakteurs konnte ich entnehmen, daß ihn die Antwort nicht restlos befriedigte.

»Linz«, fuhr ich rasch fort, »ist sicherlich eine der schönsten Städte der Welt.«

»Darf ich Sie zitieren?«
»Natürlich.«
Mein erster Kontakt mit Linz hatte eigentlich erst spät am Abend zuvor stattgefunden. Was ich also bis dato von Linz wahrnehmen konnte, war eine Reihe funktionstüchtiger Straßenverkehrsampeln, ein verschlafener Hotelportier sowie einige jugoslawische Zimmermädchen. Aber warum sollte ich die Gefühle eines vielversprechenden jungen Reporters verletzen? Vielleicht ist Linz tatsächlich eine hübsche Stadt, wer kann das schon wissen?
»Was sind Ihre nächsten Zukunftspläne?« fragte mich der junge Berichterstatter originellerweise.
»Ich habe die Absicht, eine Komödie zu schreiben.«
»Über Linz?«
»Ich fürchte, nicht.«
»Warum nicht?«
Ich stockte zum zweiten Mal. Man sollte wirklich ohne Vorbereitung keine Interviews geben.
»Darf ich Sie fragen«, erkundigte sich der Reporter, »ob Sie schon unsere Industrieanlagen besichtigt haben?«
»Noch nicht.«
»Die müssen Sie unbedingt sehen. Der Anblick ist überwältigend. Sie werden begeistert sein, außerdem wäre das ein faszinierender Hintergrund für Ihr neues Stück.«

»Ohne Zweifel.«
»Wo beabsichtigen Sie Ihr Stück über Linz zu schreiben?«
»Ich habe mich noch nicht entschieden.«
»Hier in Linz?«
»Vielleicht. Lassen wir das vorläufig offen.«
»Bitte sehr. Sie werden sowieso keinen geeigneteren Ort finden. Sehen Sie sich doch nur einmal unsere wunderschönen Hauptstraßen an. Haben Sie schon einmal Hauptstraßen gesehen, die gerader sind?«
Meine Lage wurde zusehends heikler.
»Sehr verlockend, diese Hauptstraßen, aber, um die Wahrheit zu sagen, ich möchte ganz gern nach Hause zu meiner Familie«, sagte ich dem jungen Mann, der, so schien es mir, ein echter Linzer war.
»Warum bringen Sie dann Ihre Familie nicht hierher?« fragte der Lokalreporter. »Linz ist weltberühmt für seine Gastfreundschaft. Wann kommt Ihre Familie nach Linz?«
Ich senkte meinen Blick.
»Das steht noch nicht endgültig fest. Meine Söhne sind noch in der israelischen Armee, wenn Sie wissen, was ich meine, und ich glaube nicht, daß man ihnen für einen Linz-Besuch Urlaub geben würde.«
»Ich bin da völlig sicher«, gab der Reporter seiner Meinung Ausdruck, »Sie müssen dem Armeekommandanten nur erzählen, was Linz für eine

großartige Stadt ist, mit diesen vielen Häusern, Straßen und den anderen Sehenswürdigkeiten. Sie werden sehen, daß er nachgeben wird. Schließlich kommen Menschen aus der ganzen Welt nach Linz und bleiben ihr Leben lang hier. Manche sogar noch länger.«
Ich blickte auf meine Uhr.
Der junge Mann sah inzwischen die Liste seiner Stichwörter durch, um sicherzugehen, daß er keine Fragen ausließ.
»Was«, fragte er mich sodann, »was hat Ihnen an Linz bisher am besten gefallen?«
»Alles«, erwiderte ich. »Linz ist Linz.«
»Inwiefern?«
»Nun ja«, riß ich mich zusammen, »erstens bin ich begeistert von diesen schnurgeraden Hauptstraßen. Dann kann ich nicht leugnen, daß mich Ihre grandiosen Industrieanlagen überwältigt haben. Und vollends hingerissen bin ich von der weltberühmten Linzer Gastfreundschaft.«
Der Berichterstatter strahlte übers ganze Gesicht.
»Danke«, stieß er errötend hervor. »Darf ich das zitieren?«
»Bedienen Sie sich.«
Der junge Mann kramte seine Notizen zusammen.
»Es scheint mir«, sagte er, »daß Sie sehr viel in der Welt herumgekommen sind. Darf ich Ihnen in diesem Zusammenhang eine ganz persönliche Frage stellen?«

»Bitteschön.«
»Welche von den vielen Städten, die Sie bisher besuchten, hat auf Sie den allerstärksten Eindruck gemacht?«
»Eine interessante Frage«, gab ich zu, »lassen Sie mich einmal nachdenken.«
»Bitte nehmen Sie sich Zeit«, flüsterte der junge Reporter aus Linz in atemloser Spannung. »Welche Stadt... ist also... die großartigste...«
»Meiner persönlichen Meinung nach«, äußerte ich mich, »so gibt es, was Städte betrifft, sicherlich eine Stadt, die alle anderen Städte der Welt übertrifft, was das essentiell Städtische betrifft.«
»Wie... heißt... diese Stadt?«
»Linz.«
Der junge Mann atmete hörbar erleichtert auf, schneuzte sich gerührt, dankte mir überschwenglich und stolperte zur Tür.
Dort wandte er sich noch einmal um und sagte mit bebender Stimme:
»Ich habe es geahnt. Natürlich, Linz! Gott sei mein Zeuge, ich habe es geahnt...«

★

Tags darauf, nachdem ich meinen Vortrag über die Schönheiten Jerusalems, des Berges Carmel und der Inflation Tel Avivs abgeliefert hatte, flog ich heim.

Auf meinem Schreibtisch erwartete mich ein Telegramm aus Linzer Kulturkreisen.
»Bezugnehmend auf Zeitungsinterview sind entzückt über Liebe und Bewunderung unserer herrlichen Linzerstadt Stop Dankedanke Stop Erwarten umgehend Besuch zwecks Verleihung von Medaille.«
«Es gibt viele Städte auf der Welt«, kabelte ich zurück, »aber nur ein Linz.«
»Erwarten ehebaldigst Ankunft«, kam postwendend die Antwort, »womöglich mit Familie.«
So ist es also. Wahre Liebe hat ihre eigenen Gesetze. »Linz, Linz nur du allein«, sagte auch der Dichter, wenn ich mich nicht irre.
Auf jeden Fall werde ich eventuell in Zukunft weniger Interviews geben.

Marktpsychologie

An einem besonders heißen Sommertag lag ich flach in der Badewanne und träumte von Eisbären. Die Türglocke beendete meine Polarexpedition. Da die beste Ehefrau von allen wieder einmal im vollklimatisierten Supermarkt einkaufen war, sah ich mich genötigt, meine subtropische Trägheit zu überwinden und selbst zu öffnen.
Vor meiner Tür bot sich mir ein unerwarteter Anblick: ein überdimensionaler Schiffscontainer. Daneben stand ein kleiner, ausgemergelter Mann, der auch schon bessere Tage gesehen hatte, der arme Teufel.
»Guten Tag«, sagte der arme Teufel, »wünschen Sie eine Tomate?«
Davon war nämlich der Container randvoll. Mit wunderschönen, reifen Tomaten. Das heißt, dem Geruch nach waren sie sogar schon ein bißchen überreif.
»Sie sind sicher überrascht, daß ich Ihnen Tomaten anbiete«, reagierte der arme Teufel auf meine gerümpfte Nase, »noch dazu zu einem Zeitpunkt, wo Tomaten tonnenweise auf den Mülldeponien

verfaulen. Aber damit beweisen Sie nur, daß Sie unsere Marktpolitik nicht begriffen haben.«

»Das müssen Sie mir näher erklären.«

»Gerne, mein Herr. Sehen Sie, Sie sind durch die Tatsache irregeführt, daß man in diesem Jahr unbegrenzte Mengen Tomaten kaufen kann, weil die Bauern viel zu viele angebaut haben. Doch jeder, der fähig ist zu denken, muß vor dem nächsten Jahr erschauern.«

»Wieso?«

»Können Sie sich auch nur einen einzigen Bauern vorstellen, der nach dieser katastrophalen Überproduktion in der nächsten Saison Tomaten anpflanzen wird? Ich nicht. Nicht für Geld und nicht für gute Worte wird es im kommenden Jahr Tomaten geben. Für eine einzige dieser herrlichen Früchte wird Bruder gegen Bruder die Hand erheben. Aber Sie, mein Herr, Sie und Ihre kleine Familie werden in beneidenswertem Glück und persönlicher Zufriedenheit schwelgen, sozusagen in Noahs Vitamin-Arche, denn Sie, mein Herr, Sie haben genügend Vorräte des roten Goldes auf die Seite gelegt! Mensch, kapieren Sie nicht, was Fortuna Ihnen anbietet? Sicherheit! Ein Leben in Überfluß! Das reinste Paradies. Ihre werte Frau Gemahlin wird Ihnen bis zu Ihrem letzten Atemzug dankbar sein. Also, was ist?«

»Nun gut«, besann ich mich noch rechtzeitig, »geben Sie mir ein Kilo, aber von den schönsten.«

»Tut mir leid«, antwortete der arme Teufel, »ich kann Ihnen nur ein halbes Kilo geben. Ich muß auch an meine anderen Kunden denken.«

In diesem schicksalhaften Augenblick ging mein Selbsterhaltungstrieb mit mir durch. Die Zeiten der Nächstenliebe sind vorbei. Sollen doch die anderen sehen, wo sie bleiben. Mir geht meine Familie über alles.

»Ich kaufe den ganzen Container«, stieß ich heiser hervor. »Geld spielt keine Rolle.«

»Macht 200000 Shekel«, sagte der arme Teufel und kippte den ganzen Schiffsinhalt in den Rosengarten vor unserem Haus. Die obersten Tomaten erreichten gerade den ersten Stock. Ich zahlte bar und der Marktpsychologe fuhr mit dem leeren Container davon. Kurz darauf kam meine Frau nach Hause und ließ sich scheiden.

Freiheitsbewegung

In Ermangelung einer intelligenteren Beschäftigung meditierte ich neulich über meinen Stellenwert in der Gesellschaft. Ziemlich deprimiert mußte ich feststellen, daß ich einsam und verlassen bin wie eine introvertierte Winterfliege. Ich gehöre keiner Partei an, keinem Club, keiner nennenswerten Mafia, ich glaube nicht an PSI, nicht an Yoga. Ich jogge nicht einmal. Was Wunder also, daß sich in meiner gepeinigten Psyche gewisse Neidgefühle breitmachen. Neidgefühle gegen jeden, der irgendeine gesellschaftliche Zugehörigkeit gefunden hat, der er sich mit Leib und Seele verschreiben kann.

Nehmen wir zum Beispiel die Freimaurer, eine gewaltige internationale Organisation mit einer stattlichen Reihe illustrer Mitglieder, wie den König von Belgien, Tolstoi oder die meisten Verkehrsminister.

Was mag ihr Geheimnis sein, fragte ich mich. Warum gehören Millionen Menschen dieser exklusiven Massenbewegung an? Und was haben sie davon?

Neugierig, wie ich von Natur aus bin, vertiefe ich mich in die Materie.
Ich begann Freimaurer zu befragen, hoch- und niedergestellte von Rang und Loge. Ich versuchte in die Geheimnisse ihrer Zeichen und Rituale einzudringen und entdeckte – nach eingehender, systematischer Forschungsarbeit – nichts.
Alles, was ich in Erfahrung bringen konnte, war, daß ihre heimlichen Zusammenkünfte von glattrasierten und gutgekleideten Herren besucht sind und auch bei schlechtem Wetter bis weit nach Mitternacht dauern.
Ich versuchte Einzelheiten über die Aufnahmezeremonien zu erfahren, doch bedeutete man mir, daß alle Freimaurer eidesstattlich verpflichtet wären, niemanden in ihre Geheimnisse einzuweihen, nicht einmal ihre gesetzlich angetrauten Ehefrauen.
Ich wollte schon die Flinte ins Korn werfen, als ich durch Zufall einen Zipfel des Schleiers lüften konnte.
Es war der junge Kugler, der Apotheker in unserer Straße, der mir dazu verhalf.
Der junge Kugler war vom Tag seiner Eheschließung an ein seelisches Wrack. Nicht, daß er seine Frau nicht geliebt hätte, nur konnte er nicht umhin, den Frauen anderer Männer mindestens ebenso zärtliche Gefühle entgegenzubringen. Eigentlich war er ein netter Kerl, dieser Kugler,

und was gibt mir das Recht, über ihn den Stab zu brechen? Er war nur so unvorsichtig gewesen, das eifersüchtigste Weib seit Erfindung der Monogamie zu ehelichen.
Frau Kugler spionierte hinter ihrem Mann her, durchsuchte seine Taschen, las regelmäßig seinen Terminkalender und verlangte Rechenschaft über jede Minute, die er außerhalb ihres Blickfeldes verbrachte.
Der arme Kugler konnte nicht einmal eine Schachtel Zigaretten kaufen, ohne den Verdacht seiner Frau zu erregen. Der Ärmste wurde zusehends dünner und verhärmter. Er verlor seine ganze Lebensfreude, um so mehr, als er notfalls in der Lage war, ohne Zigaretten auszukommen, keinesfalls aber ohne gelegentlichen Seitensprung...
Und dann geschah das Wunder.
Eines späten Abends traf ich den jungen Kugler in der Innenstadt, und er schien wieder ganz der alte zu sein. Seine Wangen glühten, seine Augen strahlten, und er war von einer Vitalität, die mich an ein Eichhörnchen im Hochfrühling erinnerte.
»Kugler«, begrüßte ich ihn überschwenglich. »Was ist mit Ihnen passiert?«
»Ich bin erlöst«, schwärmte der junge Apotheker. »Ich bin den Freimaurern beigetreten.«
Das also ist die fabelhafte Geschichte einer verlorenen Seele, die von der großen internationalen

Bruderschaft gerettet wurde. Alle Achtung und dreimal Hoch auf die guten Freimaurer.
Was sie mauern, werden wir nie erfahren, aber eines ist sicher – frei sind sie.

Literatur

Neulich war ich leichtfertig genug, in einem Literatencafé eine kleine Stärkung zu mir zu nehmen. Nicht etwa, weil ich ein kleines Stündchen in der erhebenden Atmosphäre der Literatur verweilen wollte, sondern eher deshalb, weil mir der Sinn nach einem Kaffee und einem Nußhörnchen stand.
Am Nebentisch saßen zwei stadtbekannte Literaturagenten, deren lebhafte Konversation ich, ohne dies zu beabsichtigen, mit höchstem Interesse verfolgte.
»Na«, sagte der eine, »was hast du anzubieten?«
»Ich habe drei tolle Norman Mailer.«
»Spannend?«
»Keine Ahnung. Ich lese keine Bücher. Eines dürfte eine Liebesgeschichte sein, die beiden anderen gehören eher zur Protestliteratur.«
»Was verlangst du?«
»60000 pro Stück.«
»Zu teuer. Für das Geld bekomme ich 400 Seiten Solschenizyn. Was tut sich bei Bellow?«
»Bellow führe ich nicht. Aber ich kann dir jede

Menge Sagan besorgen, wenn Du mir dafür Sex beschaffst.«

»Kein Problem. Ich habe 690 Seiten Hartporno, illustriert mit Gebrauchsanweisung.«

»Hast du irgendwas von Erica Jong auf Lager?«

»Ja, den letzten Schlager. Knapp 280 Seiten Schweinereien.«

»Wie heißt das Zeugs?«

»Egal. Auf dem Umschlag leckt eine nackte Puppe eine Banane. Kostet dich 81 500.«

»Warum soviel?«

»Der Bananenpreis ist gestiegen. Aber wenn dir das zu teuer ist, kannst du einen neuen Updike für circa 20 000 haben. Übrigens, Philip Roth oder Proust stehen im Augenblick auf 100 000 pro Zentner. Hast du etwas in Science fiction?«

»Soviel du willst. Raumfahrt mit Zeitmaschine einschließlich 80 Farbfotos, 15 000 pro Kilogramm.«

»In Ordnung. Ich nehme ein viertel Kilo. Und was ist jetzt mit Mailer. Willst du ihn?«

»Nur die halbe Liebesgeschichte. Das genügt mir im Augenblick. Dazu vielleicht noch 100 Gramm Hemingway oder Xaviera Hollander.«

»Geht in Ordnung. Schick einen Lastwagen.«

Platzpiraten

Welche Meinung auch immer man über mich haben kann, was meine Einstellung zum Sport betrifft, gilt nur eine einzige: der Kerl ist total verrückt.

Ich bin es tatsächlich und auch noch stolz darauf. Schon Wochen vor Beginn eines wichtigen Fußballspiels verlange ich am Kassenschalter mit meinem männlichsten Baß:

»Hören Sie, Mann, ich brauche den besten Platz im Stadion, egal was er kostet.«

Diesmal aber, beim Länderspiel gegen Brasilien, wollte ich auf Nummer absolut Sicher gehen. Ich erwarb daher schon Monate vor dem Match einen fabelhaften Tribünensitz für die lächerliche Kleinigkeit von 7000 Shekel. Ich erkundigte mich eingehend nach einem noch teureren Platz, aber der Mann am Schalter schüttelte nur bedauernd den Kopf. Für alle Fälle zahlte ich ihm tausend Shekel drauf.

Man stelle sich also meine Betroffenheit vor, als ich mich am großen Tag durch Tor Nummer 4 zwängte, zu Block 20 stürmte, in der 8. Reihe vor

dem Sitz Nummer 35 bremste – und dort, auf meinen 8000-Shekel-Sitz einen blaunasigen Gewalttäter vorfand.
»Mein Herr«, sagte ich, »das ist mein Platz.«
»Na und«, antwortete der Gewalttäter unwirsch, »auf meinem Platz sitzt auch schon einer.«
»Dann schicken Sie ihn weg.«
»Wofür halten Sie mich?«
»Hinsetzen!« brüllten 80000 Fußballfans. »Hinsetzen!«
Ich sah mich um. An dem Zaun, der die Besitzer von den Besitzlosen trennt, hingen jugendliche Athleten wie Trauben. Ich sah mich hilfesuchend nach den Platzanweisern um, doch die waren auf dem Spielfeld und belagerten den brasilianischen Mittelstürmer. Es blieb mir also nichts übrig, als das Gesetz in die eigenen Hände zu nehmen. Ich musterte den Gewalttäter. Groß war er nicht, doch er hatte einen Durchmesser von mindestens eineinhalb Metern. Außerdem war er, wie gesagt, blaunasig.
»Da«, sagte er mitfühlend, »nehmen Sie meine Eintrittskarte und vertreiben Sie den Halunken, der auf meinem Platz sitzt.«
Ich ging schnurstracks zu Block 9, 21. Reihe, Sitz 2 und wurde mit einem stämmigen Schlächtermeister konfrontiert. Ich hielt ihm das Ticket des Gewalttäters unter die Nase und machte ihn darauf aufmerksam, daß er auf meinem Platz säße.

»So?« sagte der Schlächter. »Und was, glauben Sie, ist aus meinem Platz geworden?«
»Hinsetzen!« brüllte die Menge. »Hinsetzen!«
Mehr und mehr Jugendliche hatten sich inzwischen am Zaun breitgemacht. Weit, am entfernten Horizont, der eben von der untergehenden Sonne geküßt wurde, kämpfte ein einsamer Platzanweiser einen aussichtslosen Kampf gegen Schwärme von Platzpiraten. Ich wandte mich wieder meinem Schlächtermeister zu, doch er war inzwischen um keinen Millimeter geschrumpft. Ich bat ihn höflich um sein Ticket und begab mich, unzählige Pardons murmelnd, auf den Hürdenlauf über zahllos ausgestreckte Beine zu Block 13. Eine Schwadron von Polizisten hatte inzwischen das Stadion gestürmt und die Platzanweiser, die ihnen die Sicht versperten, verjagt.
In Block 13 auf dem Platz des Fleischhauers saß ein Mittelgewichtsboxer. Dieser hatte ein Ticket für Block 1, 89. Reihe. Ich humpelte hin. Aufgewiegelte Völkerscharen brüllten mich an: »Hinsetzen!«, aber ich kämpfte wie ein Löwe um meinen Platz an der Sonne.
Unten galoppierte inzwischen berittene Polizei ums Spielfeld. Es war beruhigend zu sehen, daß zumindest auf dem Rasen die Ordnung aufrecht erhalten wurde. Unterwegs zu Block 1 fiel mein Blick auf einen besonders schmächtigen Zuschauer. Das brachte mich auf eine Idee. Ich

packte den Schmächtigen beim Kragen und jagte ihn mit einem großzügigen Freistoß davon. Danach ließ ich mich dankbar auf seinen Platz fallen. Rücksichtsvoll schenkte ich ihm die Platzkarte des Boxers, um auch ihm eine faire Chance zu geben. Meine Nachbarn brüllten, der Schmächtige solle sich hinsetzen. Es stand übrigens 3:1 für Brasilien.
Die verbleibenden zwei Minuten bis zum Abpfiff des Spiels waren ein unvergeßliches Erlebnis.

Genekologie

Wie das Leben nun einmal so spielt, habe ich eine gewisse Schwäche für Kalbshaxen in Sülze. Hier ist allerdings der guten Ordnung halber hinzuzufügen, daß bei mir eine Sülze wirklich gesulzt sein muß und unter keinen Umständen diese undefinierbare, stinkende Soße sein darf, die wir jedesmal wegwerfen müssen, wenn unsere geliebte Tochter Renana die Tür des Kühlschrankes wieder einmal offenstehen ließ.

»Ephraim«, sagt die beste Ehefrau von allen, »unsere entzückende Tochter ist ja auch zu einem Drittel deine Tochter, also walte deines Vateramtes und sprich mit dem kleinen Biest.«

Und Ephraim waltet, geht energisch auf seine Tochter zu und sagt zum dritten Mal in ebensovielen Tagen:

»Wie oft muß ich dir noch sagen, verflixt noch mal, daß du die Kühlschranktür schließen sollst?«

Worauf Renana mit allem Respekt antwortet: »Uff.«

Sie ist im Nahen Osten geboren, meine kleine Tochter, eine »Sabre«, wie die ortsübliche

Bezeichnung lautet. Eine echte, süße Levantinerin, unkontrolliert und unkontrollierbar, von einem bewundernswerten Gleichmut ihrer Umwelt gegenüber.

Montag abend ließ sie natürlich die Tür wieder offen, und ich machte mich sofort daran, dem kleinen Ungeheuer die Leviten zu lesen. Aber statt des üblichen »Uff« bekam ich diesmal folgendes zu hören:

»Was willst du eigentlich von mir? Schließlich habe ich doch deine Gene geerbt.«

Nun, ich hätte es voraussehen müssen. Kürzlich hatte ich sie nämlich bei der Lektüre eines Aufklärungswerkcs mit dem mörderischen Titel »Tante Ella gibt Auskunft« ertappt. Und vorige Woche fragte mich Renana wie aus heiterem Himmel, ob ich wohl wüßte, wieviel Flüssigkeit mein Körper enthalte.

»Ein bis zwei Kaffeetassen«, sagte ich auf gut Glück.

»Falsch«, ihr Triumph war unüberhörbar, »zwei Drittel deines Körpers sind flüssig.«

Ich erwiderte, daß ich nichts dagegen einzuwenden hätte. Schließlich war ich nicht bereit, wegen einiger Tassen lauwarmen Wassers unser Familienglück aufs Spiel zu setzen.

Einige Tage danach verlangte unsere Tochter, daß ihre Nahrung mehr Kalzium enthalten solle, und kurz darauf informierte sie uns, daß sie in Erfah-

rung gebracht hätte, wie man ein Baby nicht bekommt.
Und dann kam die Sache mit den Genen.
Mit anderen Worten, meine Tochter offenbarte mir, daß sie in keiner Weise für ihre Handlungen verantwortlich gemacht werden könne, weil ich – ihr eigener Vater – ihren schlampigen Charakter mit meinen ebenso verschlampten Genen verformt hätte.
»Ich wurde eigenhändig von dir gezeugt«, war ihre nicht ganz exakt formulierte Feststellung. »Du kannst also niemandem, außer deinen eigenen Genen, Vorwürfe machen.«
»Willst du damit sagen, kleines Fräulein, daß ich über Gene verfüge, die darauf programmiert sind, Kühlschranktüren offen zu lassen?«
»Natürlich«, sagte Renana, »aber zu deiner Entlastung könntest du geltend machen, daß du deinerseits diese Gene von deinen Vorfahren geerbt hast.«
So ist das also. Einer meiner zahllosen Ahnen dürfte im Jahre 1500 vor unserer Zeitrechnung, irgendwo auf der Sinai-Halbinsel, eine Kühlschranktüre offen gelassen haben, und seither werden in meiner Familie die für verfaulte Sülze verantwortlichen Gene in ungebrochener Kette über Generationen weitergereicht.
Wahrlich, ein interessanter Gedanke.
So gesehen, sind wir eigentlich für gar nichts

persönlich verantwortlich. Wenn einer zufällig die Gene der Frau Lot geerbt haben sollte, dann geht er eben durch sein Leben mit einem nach hinten gedrehten Kopf oder verwandelt sich langsam in eine Salzsäule. Das alles steht nicht in den Sternen, sondern in den Chromosomen, die ihrerseits diese Gene enthalten, und diese wiederum stehen in Renanas klugem Buch, das auf Tante Ellas Mist gewachsen ist.

»Du spinnst, mein Engel«, erklärte ich.

»Möglich«, sagte sie. »Darf ich das als deine persönliche Selbstkritik auffassen?«

Am Samstag fand die nächste genetische Auseinandersetzung statt. Der Kellner in unserem Stammlokal, der eben dabei war, unsere Rechnung zu erstellen, fragte Renana, was sie getrunken habe.

»Ein Glas Wasser«, sagte das kleine Biest mit verführerischem Lächeln.

»Was soll das heißen?« protestierte ich lauthals, »du hast zwei ganze Flaschen Orangensaft getrunken.«

»Hör mal Paps«, zischte mir Renana zu, »zu wem hältst du eigentlich, zu mir oder zum Kellner?«

»Du solltest dich schämen«, wies ich sie zurecht, als wir das Lokal verließen, »das war doch glatter Betrug.«

Natürlich nahm sie wieder den kriminologischen

Zweig der Geschichte zu Hilfe und zitierte mir alle einschlägigen Passagen aus Tante Ella.

Aber das Ärgste stand mir noch bevor, denn der Genentick wurde auch von ihrem Bruder übernommen. Nachdem Amir neulich meinen Wagen in eine freie Telefonzelle geparkt hatte, warf er mir einen niederschmetternden Blick zu, der zu fragen schien:

»Oh Paps, hättest du mir nicht Gene mit etwas mehr Geistesgegenwart vererben können?«

Ich war völlig ratlos und überflog im Geiste meine ganze genetische Ahnengalerie. Sie sind offensichtlich nicht nur geistesabwesend, meine auf Telefonzellen prallenden Gene, sondern für drei Monate auch ohne Führerschein.

Dann aber gab Renana unserer schwelenden Gen-Affäre eine völlig überraschende Wendung. Zum größten Erstaunen aller Beteiligten, besonders ihrer Lehrerin, erhielt sie in einer Mathematikarbeit die Bestnote. Allgemein sprach man von einem Wunder.

Ein Wunder? Daß ich nicht lache.

Natürlich hatte die kleine Hexe ihre Schularbeit vom Mathematikgenie ihrer Klasse abgeschrieben. Aber um eventuelle Verdachtsmomente von vornherein zu entkräften, schmuggelte sie einen Fehler hinein und korrigierte dabei, ohne es zu ahnen, den einzigen Fehler des besagten Genies und wurde zur Heldin des Tages.

»Oho«, triumphierte ich, »es scheint, daß die Gene deines Vaters doch klüger sind als sie aussehen.«

»Lächerlich«, erwiderte Renana mit eiskalter Überlegenheit, »das sind natürlich Mamis Gene.«

Weibervolk!

Die beste Ehefrau von allen fühlt sich natürlich bemüßigt, ins selbe Horn zu blasen, und bekräftigt ihr Töchterlein bereitwilligst in der Schnapsidee, daß sie von ihrer Seite nur Gene der allerbesten Exportqualität geliefert habe.

»Was deinen Vater betrifft«, äußerte sich die beste Ehefrau von allen, »so kann man seine Chromosomen an einer Hand abzählen.«

In meiner Ratlosigkeit schlug ich ihr vor, daß die elf Besten ihrer Gene gegen entsprechende Anzahl und Qualität der meinigen ein freundschaftliches Fußballmatch austragen sollten, um den Fall ein für allemal zu klären. Aber wie immer, wenn ich etwas äußerst Geistreiches vorschlage, bedeutete sie mir, daß man sie mit infantilen Ideen in Ruhe lassen solle.

Heute kam Renana in Tränen aufgelöst von der Schule nach Hause, weil sie bei der Geschichtsprüfung durchgefallen war. Ihre Mutter blickte sie traurig an und seufzte: »Hätte das arme Kind doch ein paar Gene von Henry Kissinger geerbt ...«

Ich resigniere.

Terzett

Was mich betrifft, so respektiere ich im großen und ganzen meine Mitmenschen, im Sinne der UNO-Charta, samt Zubehör. Aber auch meine Geduld hat Grenzen. Zum Beispiel dann, wenn mein Telefon wieder einmal sein Eigenleben führt. Ich sitze also gemütlich an meinem Tisch, um zu schreiben. Da fällt mir plötzlich ein, daß ich dringend meinen guten Freund Joshka anrufen muß. Ich hebe den Hörer ab, aber noch bevor ich wählen kann, sagt mir eine besorgte Stimme:
»Die ganze Ladung ist schon im Hafen von Haifa, Gusti. Geh gleich zu Birnbaum und sag ihm, er soll sich um die Papiere kümmern.«
Ich sage: »Sie sind falsch verbunden, gehen Sie sofort aus der Leitung.«
Da meldet sich eine zweite Stimme und sagt tief und heiser: »Wer ist das?«
Ich lege den Hörer auf und versuche es noch einmal. Sofort informiert mich die heisere Stimme:
»Die im Hafen haben überhaupt kein Recht, Zoll zu verlangen.«
»Natürlich haben sie ein Recht dazu«, äußere ich

mich zum Problem. »Zumindest Sie sollten das wissen, Gusti.«

»Klappe«, sagt die besorgte Stimme.

»Ich will meine freie Leitung«, erkläre ich. »Legen Sie auf. Beide.«

»Legen Sie selber auf«, schlägt der Heisere vor und fügt hinzu: »Ein Neueinwanderer hat doch schließlich das Recht auf zollfreie Einfuhr.«

»Das schon«, imitiere ich den Sorgenvollen, »aber seit wann, lieber Gusti, bist du ein Neueinwanderer?«

»Sag mal, spinnst du?« antwortet Gusti. »Ich meinte natürlich Birnbaum.«

»Moment«, unterbricht uns der Besorgte, »das war nicht ich! Da mischt sich schon wieder dieser Dussel in unser Gespräch.«

Ich verstelle von neuem meine Stimme und spreche nun im schrillen Diskant: »Hallo, hier Zentrale. Alle Teilnehmer sind aufgefordert, ihre Gespräche zu beenden. Die Leitung muß überprüft werden.«

»Nur noch einen Moment, Fräulein«, fleht mich der Besorgte an, »wir sind gleich fertig.«

»Trottel«, sagt der Heisere, »merkst du denn nicht, daß uns der Kerl zum Narren hält?«

»Natürlich merke ich es, Gusti«, antworte ich sorgenvoll. »Laß uns das Gespräch lieber abbrechen, wir sehen uns ja morgen in Haifa. Adieu!«

»Halt!« brüllt der Besorgte. »Leg nicht auf, Gusti!

Das war doch wieder dieser Irre! Hören Sie zu, Sie Telefonpirat, wenn ich Sie erwische...«
»Es wird mir ein Vergnügen sein«, erwidere ich, »hier spricht der Zollinspektor von Haifa.«
»Schon gut, ignorier den Kerl«, sagt der Heisere dem Besorgten. »Man muß Birnbaum sagen, daß er als Neueinwanderer Privilegien hat...«
Während ich mir den Hörer zwischen Ohr und Schulter klemme, hole ich die gesammelten Werke meines Kollegen Shakespeare hervor und schlage bei »Macbeth«, V. Akt, letzte Szene nach:
»Schweige, du Höllenhund, schweig still. Von allen Menschen mied ich dich allein«, lege ich meinen Gesprächspartnern meinen Standpunkt dar. »Mit Blut der Deinen ist meine Seele schon zu sehr beladen.«
»Wie bitte?« erkundigen sich die heisere und die besorgte Stimme erschöpft, aber unisono. »Was will denn der Kerl eigentlich von uns?«
In diesem Moment gesellt sich eine vierte Stimme zu unserem Trialog:
»Hallo«, ruft eine Telefonistin. »Hier Zentrale.«
»Scheren Sie sich zum Teufel!« platzt dem Besorgten der Kragen. »Verduften Sie aus der Leitung, Sie Vollidiot!«
Da wirft uns das Fräulein von der Zentrale endlich alle aus der Leitung.
Shakespeare hat sich wieder einmal bewährt.

Schlangengrube

Sich durch eine Menschenschlange hindurchzukämpfen, ist eine raffinierte Kunst.
Einlaß in einen Tempel der Bürokratie zu erlangen, vor dem sich eine lange Menschenschlange formiert hat, bedarf eines gerüttelten Maßes an Einfallsreichtum.
Dieses Problem zu bewältigen ist also nicht jedermanns Sache. Ich kenne nur einen einzigen Menschen, der in dieser Disziplin ein echter Meister ist:
Mein Freund Jossele.
»Die Sache ist so einfach wie eine bilaterale Ohrfeige«, klärte mich Jossele auf, »und so alt wie die Bibel. Übrigens von daher habe ich die Idee. Du erinnerst dich doch, wie unser schlauer Urvater Jakob von Isaak gesegnet werden wollte – und zwar *vor* seinem älteren Bruder Esau, der vor ihm in der Schlange stand. Du erinnerst dich doch sicher noch ganz genau, welchen Trick er angewendet hat? Er tarnte sich mit den Gewändern seines Bruders, mit anderen Worten, er bediente sich des alten Verkleidungstricks. Kapiert?«

»Nein.«
»Macht nichts. Nehmen wir an, ich muß auf irgendein Amt und vor der Tür steht eine Schlange, die von Pontius bis Pilatus reicht. Was mache ich? Ich ziehe meinen Rock aus, deponiere ihn beim Portier und gehe in Hemdsärmeln zielbewußt auf die Schlange zu. Die Menge hält mich für einen Beamten und teilt sich vor mir wie das Rote Meer in der guten alten Zeit. Um auf Nummer Sicher zu gehen, nehme ich manchmal eine Tasse Tee oder einige Aktenordner mit. Wenn irgend jemand widerborstig wird und Anstalten macht, sich mir in den Weg zu stellen, sage ich sarkastisch: ›Würden Sie mich freundlicherweise in mein Büro lassen?‹ Das wirkt immer.«
Kürzlich bin ich Jossele wieder begegnet.
Er hatte einen Fuß in Gips und ein ganzes Sortiment von dekorativen Bandagen um den Kopf gewickelt.
»Sie haben mich reingelegt, diese Verräter«, keuchte er. »Ich wollte aufs Arbeitsamt, um mir meine Arbeitsunfähigkeit bestätigen zu lassen. Vor dem Eingang wartete, wie üblich, eine riesige Menschenmenge. Also zog ich meinen Rock aus und sagte sarkastisch: ›Meine Herrschaften, hätten Sie die Freundlichkeit, den Amtsvorsteher durchzulassen?‹ Da begann ein riesiger Kerl wie am Spieß zu brüllen: ›Da ist er endlich, dieser

Schuft!‹, ergriff mich am Kragen, verpaßte mir zwei schallende Ohrfeigen und ...«

Der Rest steht im Spitalbericht.

C'est la vie!

Feiertage

»Ein Feiertag kommt selten allein«, sagten schon unsere Urväter seligen Andenkens vor etwa drei bis fünf Jahrtausenden und erfanden jene alle Rekorde brechende Serie hoher jüdischer Feiertage.

Wahrhaftig, wer immer es wagt, über diesen Feiertagsmarathon nicht in helle Verzückung zu geraten, kann nur ein gottloser Ketzer sein. Zumindest aber ein ausbeuterischer Arbeitgeber oder gar ein Briefträger, der sich vor den Feiertagen mit Tonnen von Glückwunschkarten abschleppen muß.

Ich für meine Person bin weder ein Postsklave noch ein Großkapitalist. Nein, ich bin Angehöriger eines freischaffenden Berufes, nämlich ein Ehemann, und als solcher ertrinke ich regelmäßig in der jährlichen Festtagsschwemme.

An der besten Ehefrau von allen vollzieht sich zum Beispiel schon etliche Tage vor dem hohen Fest eine merkwürdige Wandlung: sie wird in zunehmendem Maße fahrig und nervös. Ihr Zustand gipfelt in der krankhaften Besessenheit einzukaufen. Aus unerfindlichen Gründen pflegt sie für die Festtage Hüte, Blumentöpfe, Türvorleger, Bilderrahmen, zwei neue Leitern und eine Kleiderbürste für mich einzukaufen.

Alle diese Dinge mögen sehr wichtig, vielleicht sogar lebensnotwendig sein, nur hat mir bis zum heutigen Tag niemand erklären können, warum dieses Zeug ausgerechnet vor den Feiertagen erstanden werden muß.

Ich setzte mich eines Tages hin und überprüfte jedes einzelne der 615 einschlägigen Gesetze unserer heiligen Religion, fand aber nicht den geringsten Anhaltspunkt für ein Gebot, das einer Ehefrau vorschreibt, vor irgendeinem Festtag einen blau-gelb gemusterten Wandteppich zu kaufen...

Es gäbe dazu noch weiteres zu bemerken.

Angenommen, man möchte zwei bis drei Wochen vor den Feiertagen Jascha Honigmann treffen, um jene fünfzig Shekel zurückzufordern, die man ihm vor drei Monaten für eine Woche geborgt hat. Und jetzt wette ich ein kaum gebrauchtes Gebetsbuch gegen eine junge Milchziege, daß Honigmann auf die energische Forderung prompt antworten wird: »Selbstverständlich. Aber erst nach den Feiertagen.«

Ich frage, warum? Warum nach den Feiertagen? Warum in aller Welt nicht vor den Feiertagen?

Schön, ich kann mir ein gewisses Verständnis dafür abringen, daß ein religiöser Festtag bei einem gläubigen Menschen eine erhebende Stimmung hervorrufen mag. Aber das sollte ihn nicht daran hindern, Schulden zu bezahlen. Ganz im Gegenteil, die vor einem hohen Feiertag unerläßliche Selbstläuterung sollte ihm zur seelischen Entlastung gereichen, mir meine lausigen fünfzig Shekel feierlich zurückzuzahlen.

Aber nicht nur Jascha Honigmann ist von dieser Seuche befallen.

Aus mysteriösen Gründen hält es auch die chemische Reinigung für selbstverständlich, die Kaffeeflecken erst nach den Feiertagen aus meiner Hose zu entfernen.

Und mein Zahnarzt wird erst nach den Festtagen die längst fällige Wurzelbehandlung in die Wege leiten.

Natürlich läßt mich auch der Installateur Stucks wissen, daß er sich leider nicht in der Lage sähe, noch vor den Feiertagen meinen defekten Wasserhahn...

Die Zeit scheint tatsächlich stillzustehen.

Und wenn nicht die Zeit, dann auf alle Fälle die guten Handwerker.

Und mein Verstand.

Warum wohl, fragt meinc verzweifelnde Vernunft, warum um Himmels willen, kann auch eine Friedenskonferenz erst nach den Feiertagen feierlich tagen?

Sollte der verehrte Leser eine plausible Erklärung

auf diese schwerwiegenden Fragen finden, wäre ich höchst begierig, sie zu erfahren.
Ich bin täglich am späten Vormittag telefonisch zu erreichen. Aber bitte erst nach den Feiertagen.

Integration

Ich traf den Einwanderer vor einer öffentlichen Telefonzelle. Er trippelte nervös von einem Bein auf das andere und sprach mich nach einer Weile auf jiddisch an:

»Es ist immer derselbe Mist. Überall lassen sie einen warten.«

»Wer?«

»Alle. Für Neueinwanderer hat man eben keine Zeit. Nur für die verkalkten Siedler.«

»Sie werden auch einmal einer sein.«

»Seien Sie da nicht so sicher. Wenn es nach mir ginge, würde ich sofort mein letztes Hemd für ein Flugticket verkaufen. Egal wohin. Nur weg hier! Glauben Sie aber ja nicht, daß ich immer so dachte.«

»Nein?«

»Nein, mein Herr. Mein Widerwille gegen dieses Land wurde erst nach und nach geweckt. Als ich hierherkam, war ich noch Idealist. In meiner guten alten Heimat habe ich jede Kritik an Israel vehement abgelehnt. ›Eure Verleumdungen will ich gar nicht erst hören. Ich glaube nur, was ich mit eigenen Augen sehe!‹, so sprach ich, bevor ich hierher kam.«

»Und dann?«

»Dann? Dann war ich da und mein Amoklauf begann. Ich komme seither kaum mehr dazu, Luft zu holen. Ich renne, schwitze und rede mich fusselig. Ich bin nur noch ein Schatten meiner selbst. Dabei verlange ich ja gar nicht viel. Will ich vielleicht eine Goldader, einen Palast? Oh nein, mein Herr, ich will nichts weiter als ein Dach, ein kleines Dach über dem Kopf in Tel Aviv und ein bescheidenes Auskommen in meinem Beruf.«

»Was sind Sie denn von Beruf?«

»Ich bin Trainer für Eiskunstlauf. Ich habe in allen möglichen öffentlichen Ämtern angesucht, aber die Mühe hätte ich mir sparen können. Eventuell würde mir die Regierung eine Anleihe geben, aber diese Verrückten erwarten ja allen Ernstes, daß ich ihnen das Geld zurückzahle. Und die Gewerkschaften! Die kümmern sich einen Dreck um einen, solange es genügend Streiks gibt.«

»Wie recht Sie haben.«

»Eben! Man hat mir zu einer Umschulung geraten. Aber ich lasse mir nichts schenken! Zum Teufel mit dieser sogenannten Wohltätigkeit! Die Regierung sollte abdanken. Es wimmelt ja nur so von Idioten im Staatsapparat. Die schreiben dir einen lausigen Empfehlungsbrief, und dann beginnst du dich abzuhetzen. Von morgens früh bis spät nachts, von hier nach dort, hinauf und hinunter, von einem Büro zum andern. Beamte, Beamte, Beamte. Aber was kümmert es diese Verbrecher, daß ein einsamer Einwanderer am Zusammenklappen ist? Die scheren sich doch den Teufel drum, Hauptsache, sie bekommen ihre sicheren Gehälter und Extradiäten. Ich bin es müde, werter Herr, angeekelt bis ins Innerste. Ich bin fix und fertig.«

»Darf ich Sie fragen: seit wann sind Sie eigentlich in Israel?«

»Seit gestern.«

Babysitter

Kürzlich, an einem subtropischen Abend, klingelte es wieder einmal an der Wohnungstür. Es war nur Jecheskel von gegenüber:

»Tut mir leid, Sie zu so später Stunde zu stören, aber ich würde Sie gerne um eine große Gefälligkeit bitten«, katzbuckelte mein Nachbar. »Wir bekamen eben zwei Freikarten zur Generalprobe eines Musicals geschenkt, aber wir können unseren Danny unmöglich allein lassen. Der Kleine ist erst sieben, und unser Babysitter will nicht kommen, weil die Klimaanlage kaputt ist. Daher wollten wir Sie herzlich bitten...«

Ganz Großmut und gutnachbarliche Gefühle nahm ich einen spanischen Fächer aus der Vitrine und ging mit Jecheskel hinüber.

Frau Jecheskel war völlig überrascht über meine Hilfsbereitschaft, obwohl ich nicht umhin konnte zu bemerken, daß sie uns schon im Pelzmantel erwartete. Ich wurde noch schnell in Kenntnis gesetzt, was ich alles zu tun hätte, falls der liebe Kleine aufwachen sollte. Dann gingen sie beruhigt in die Generalprobe.

Ich beschloß, bevor ich mich mit einem Buch gemütlich niederließ, schnell noch einen Blick auf den kleinen Danny zu werfen. Ich wollte wissen, welcher der kleinen fußballspielenden Lausbuben er war, die regelmäßig die Azaleen in unserem Garten zertrampelten.

Das Kind schlief friedlich im Bettchen, seinen Teddybären im Arm. Er hatte die Decke weggestrampelt. Ich beugte mich pflichtbewußt über ihn, um ihn väterlich zuzudecken. Und weil es in seinem Zimmer ziemlich heiß war, drehte ich den elektrischen Ventilator an. Die weiteren Ereignisse kann ich nicht mehr genau rekonstruieren. Ich bekam einen schrecklichen Schlag, hörte mich aufschreien und fiel in Ohnmacht.

Als ich wieder zu mir kam, lag ich am Boden, und Klein-Danny beugte sich besorgt über mich. Auf meine Stirn hatte er einen nassen Lappen gelegt und zwischen meine Lippen eine Cognacflasche geschoben. Nach einiger Zeit war ich soweit wiederhergestellt, daß ich mich vorsichtig aufsetzen konnte.

»Du hast einen elektrischen Schlag bekommen, Onkel«, beruhigte mich Danny. »Aber keine Sorge, du bist bald wieder o. k. Ich mach dir jetzt einen starken Kaffee.«

Er stellte Wasser auf, rief den Arzt an und fragte mich, ob es mir etwas ausmachte, einige Minuten lang allein zu bleiben. Nach kurzer Zeit kam er mit einer Schachtel milder Beruhigungstabletten zurück. Dann bettete er mich auf die Couch und blieb solange neben mir sitzen, bis ich einschlief. Als die Jecheskels nach Hause kamen und mich aufweckten, war ich ganz der alte.

»Wir wissen gar nicht, wie wir Ihnen danken sollen«, sprudelten sie vor Freude über, »wir stehen tief in Ihrer Schuld.«

Ich sagte, es wäre nicht der Rede wert, ich hätte nur meine Pflicht getan, und wandte mich rasch zum Gehen. Im Vorzimmer versperrte mir plötzlich der kleine Danny den Weg:

»Macht 120 Shekel, Onkel«, sagte er. »Der Nachttarif für einen Babysitter.«

Sozialpolitik

Für die Nachwelt muß festgehalten werden, daß der Stadtverwaltung von Tel Afib die Palme gebührt. Sie war die erste Behörde des Landes, der es gelang, die finanziellen Belastungen der ärmeren Teile der Bevölkerung auf revolutionärem Wege zu erleichtern.

»Meine Herren«, sprach der Bürgermeister zum versammelten Gemeinderat, »ich finde, der Zeitpunkt ist gekommen, irgendetwas höchst Soziales zu unternehmen. Es ist mir nämlich zu Ohren gekommen, daß die begriffsstutzigen Bewohner unserer geliebten Stadt uns die 26 verschiedenen Gemeindesteuern übel nehmen. Ich beantrage daher eine demonstrative sozialpolitische Gegenmaßnahme, wie zum Beispiel die Abgabe einer Gratisbanane an jedes Kind, das noch nicht das achte Lebensjahr überschritten hat.«

Der Vorschlag wurde mit allgemeinem Applaus angenommen. Die Gemeinderäte umarmten einander und drückten anhaltend des Bürgermeisters Hand. Aus einer entsprechenden Rundfrage ging nämlich hervor, daß jedes Elternhaus mindestens

fünfzig Shekel monatlich allein für Bananen ausgab.
Die Stadtverwaltung ging sofort daran, den Entschluß in die Tat umzusetzen. Bereits nach sechs Monaten hatte eine Volkszählung sämtliche Kinder unter acht Jahren erfaßt. Ganz Tel Afib war überzeugt davon, daß das Unternehmen »Sozialbanane« als revolutionäre Idee in Sachen Kinderfürsorge in die Geschichte des Nahen Ostens eingehen würde.
Die Vorbereitungen standen kurz vor dem Abschluß, als plötzlich jemand einen Punkt zur Sprache brachte, der im Trubel der allgemeinen Begeisterung irgendwie übersehen worden war. Nämlich: woher sollte das Geld für diese bedeutende soziale Aktion kommen? Der Gemeinderat trat umgehend zur üblichen Notstandssitzung zusammen. Große Worte wurden gesprochen, aber letzten Endes waren sich alle einig, daß die Gratisbananen aus propagandistischen Gründen nicht mehr vom Tisch gewischt werden konnten. Schließlich ging es um das Prestige der gesamten Stadtverwaltung. Der finanzielle Aspekt, so einigten sich die Stadträte, war »in engster Zusammenarbeit mit der Bevölkerung zu lösen«.
Gleich am darauffolgenden Morgen wurde eine große Bananenlotterie ins Leben gerufen. Jedes Los kostete fünfzig Shekel. Die Aktion erwies sich jedoch als nicht kostendeckend, da man vergaß,

eventuelle Lottogewinne ins Kalkül zu ziehen. Man wandte sich daher direkt an die unverschämten Nutznießer der Aktion, nämlich an die Eltern der bananensüchtigen Kinder.
Der Plan war ganz einfach. Jedes Familienoberhaupt sollte laut Gesetz pro Monat ein Gratis-Bananen-Zertifikat zum Preis von 75 Shekel erwerben, das dem zugehörigen Kind das Recht auf seine tägliche Gratisbanane gab. Unglückseligerweise erwiesen sich die angesprochenen Eltern als kurzsichtige Querulanten. Sie teilten der Stadtverwaltung kategorisch mit, sie könne sich ihre stinkenden Bananen an den Hut stecken.
Den Stadtvätern blieb nichts anderes übrig, als per Sozialgesetz zu erlassen, daß die Entgegennahme der täglichen Gratisbanane ab sofort obligatorisch wäre. Schließlich handelte es sich um nichts Geringeres als um die Gesundheit der lieben Kinder, ja, die Zukunft unseres Landes.
Alles Weitere ist bekannt. Sowohl die Bananenlotterie als auch das Gratis-Bananen-Zertifikat wurden einfachheitshalber in eine allgemeine städtische Bananenbuße in der Höhe von rund 100 Shekel monatlich umgewandelt. Damit wurde automatisch die 27. Gemeindesteuer geschaffen, wobei Zuwiderhandelnde mit Beschlagnahme ihres Eigentums, in besonders drastischen Fällen auch mit hohen Gefängnisstrafen zu rechnen hatten.

Die Kriminalpolizei stand in Alarmbereitschaft. Die ersten Verhaftungen wurden bereits vorgenommen.
Die Aktion läuft.
Leider ist der Bürgermeister, der Initiator des Bananenprojektes, auf dem Höhepunkt der Krise auf einer Bananenschale ausgerutscht und hat sich das Bein gebrochen. Man munkelt, es sei die Rache einiger extremer Bananen gewesen.
Sozialpolitik fordert nun mal ihre Opfer.

Plonski

Vor ein paar Tagen erwarteten wir Besuch aus Amerika. Es handelte sich um eine angesehene Persönlichkeit und einen glühenden Bewunderer des Heiligen Landes. Unser Bekannter – wir wollen ihn Bob nennen, unter anderem deshalb, weil er ohnehin so heißt – taumelte zitternd und blaß in unser Wohnzimmer. Auf unsere besorgte Frage, was ihm denn zugestoßen sei, erzählte er uns, er hätte im Autobus Plonski getroffen.

»Normalerweise nehme ich ja immer ein Taxi«, fuhr Bob fort, nachdem er sich mit einem Drink gestärkt hatte. »Aber heute entschloß ich mich, mit dem Bus zu fahren. Irgendwo habe ich einmal gelesen, daß dies für einen Touristen die beste Methode wäre, die wahre Atmosphäre eines Landes kennenzulernen. Mit dem Daumen auf dem Puls der Bevölkerung reisen, wenn Sie wissen, was ich meine. Also, da kam ein Bus daher, und ich fragte einen Mann, wohin dieser Bus führe. Der Mann war Plonski.«

»Ein Bekannter von Ihnen?«

»Ach wo! Ich habe ihn noch nie im Leben gesehen.

Er stand zufällig neben mir an der Bushaltestelle und schien ein harmloser Bürger zu sein, der, seinem gestutzten Schnauzbart nach zu urteilen, vielleicht sogar Englisch verstünde. Es stellte sich ziemlich bald heraus, daß er lieber und nur Jiddisch sprach, hingegen aber denselben Weg hatte wie ich.

Also blieben wir zusammen und setzten uns gemeinsam auf die hinterste Bank.

Nach zwei Haltestellen legte Plonski plötzlich den Kopf an meine Schulter und begann zu weinen. Es war rührend, wenn auch recht peinlich.

Ich fragte ihn, was ihm zugestoßen sei, und er begann zu erzählen, daß ihn seine heißgeliebte Frau, diese billige Nutte, verlassen hätte. Sie lebe jetzt in New York, und ob ich sie nicht zufällig kenne. Ich versuchte ihn zu trösten, sagte ihm, es seien schon viel schlimmere Dinge auf der Welt passiert und erkundigte mich ganz nebenbei nach seinem Namen. Plonski sagte mir, daß er Plonski heiße, und seine Frau Rivka, aber mit ef. Ich versicherte ihm, es täte mir leid, aber die Dame sei mir nicht bekannt.

»Na ja, New York ist schließlich kein Provinznest.«

»Eben. Das habe ich auch gesagt. Da begann Plonski zu jammern und zu betteln, ich möge doch seine Frau in New York anrufen und ihr ausrichten, sie möge unbedingt wieder zu ihm zurückkehren. Ich versprach ihm, mein Bestes zu tun und schrieb die Adresse der Dame, mit ef, in mein Notizbuch. Plonski war außer sich vor Freude. Er fiel mir um den Hals, küßte mich ab, und versicherte mir, ich sei ein Engel. Nach zwei weiteren Stationen aber wurden seine Augen plötzlich schmal und er fragte mißtrauisch: ›Sagen Sie mal, wie kommen Sie eigentlich dazu, meine Frau einfach anzurufen?‹ Ich fragte völlig verwirrt zurück, was er damit sagen wolle und ob ich seine Frau nun etwa nicht anrufen solle, obwohl er mich doch eben darum angefleht hätte. Da packte er mich am Hals...«

»War er stark?«

»Stark nicht, aber zornig. Jedenfalls packte er mich an der Gurgel, schüttelte mich wie einen Mixdrink und begann zu schreien: ›Ich bringe dich um, wenn du an meine Frau auch nur einen Gedanken verlierst, du elender Schuft. Ich kenne euch amerikanische Halunken, ich bin nicht von gestern!‹ Die Passagiere drehten ihre Köpfe nach uns und ließen einige abfällige Bemerkungen über Touristen fallen, die glaubten, sie könnten für ihre schmutzigen Dollars alles kaufen. Hoch und heilig schwor ich Plonski, Frau Rifka nicht anzurufen, nicht für alles Geld der Welt, aber er gab meine Gurgel erst frei, nachdem ich mein Notizbuch in tausend kleine Fetzen zerrissen hatte. An der nächsten Haltestelle stieg ich aus. Plonski würdigte mich keines Blickes und murmelte vor sich hin, er hätte eigentlich wissen sollen, daß man diesen Lumpen von Ausländern nicht über den Weg trauen dürfe.«

»Man kann so etwas nicht verallgemeinern«, meinte ich. »An Ihrer Stelle würde ich jedoch seltener Autobus fahren.«

»Ich teile Ihre Meinung«, versicherte mir Bob und bat mich, ihm einen Krankenwagen zu bestellen.

Öffentlichkeitsarbeit

Was ist der Unterschied zwischen einer verabscheuungswürdigen Diktatur und einer gesegneten, echten Demokratie, wie es zum Beispiel die meine und die des Lesers ist?
Im totalitären Staat beherrscht eine Minorität die Majorität, ohne sich um die Meinung der Öffentlichkeit zu kümmern. Wohingegen in der Demokratie die herrschende Minorität die öffentliche Meinung mit allem Ernst zur Kenntnis nimmt, wenn sie sich auch nicht im mindesten darum schert.
In Diktaturen ist der kleine Staatsbürger der jeweils regierenden Dreier- oder Viererbande hilflos ausgeliefert, wir aber können jederzeit einen Leserbrief an die Zeitung schreiben. Heutzutage haben wir es sogar soweit gebracht, daß sich jede öffentliche Institution, die etwas auf sich hält, eine eigene PR-Abteilung hält. Ihre Aufgabe ist es, auf Beschwerdebriefe der Bürgerschaft dergestalt zu reagieren, daß sie dem Beschwerdeführer klar und unmißverständlich vor Augen hält, wo er geirrt hat und wann und warum.

Im folgenden bringe ich den höchst informativen Meinungsaustausch zwischen einem Beschwerdeführer und den zuständigen Behörden, wie er tagtäglich in unserer freien Presse nachzulesen ist:

Wo ist das gute Benehmen geblieben?

Sehr geehrte Redaktion!

Am 24. März d. J. sprach ich in der Abteilung »Angewandte Pädagogik« unseres Unterrichtsministeriums vor. Ich ersuchte um eine Importgenehmigung für einen handgeschmiedeten Edelstahlhammer, welcher mich in die Lage versetzen sollte, Rubiks Zauberwürfel zu zertrümmern. Ich verlangte den Abteilungsleiter zu sehen, worauf mich dessen Sekretärin nach meinem Anliegen fragte. Ich sagte ihr: »Es geht um den Würfel, bitteschön.« Worauf sie mich fragte: »Sie sind wohl übergeschnappt, was?« Ich war gerade dabei, mich über ihr schlechtes Benehmen zu beschweren, da erschienen aus den Nebenräumen einige Beamte und warfen mich eigenhändig die Treppe hinunter. Ich verklagte das Ministerium auf Schmerzensgeld, doch dieses weigerte sich zu zahlen, mit der Begründung, daß man nicht die Absicht habe, mit einem Verrückten Kontakt zu pflegen.
Was ist aus unserem Land geworden?

Absolon Dunkellicht, Tel Aviv

Die Antwort des Unterrichtsministeriums, Abteilung Öffentlichkeitsarbeit:

»Herr Absolon Dunkellicht aus Tel Aviv beschwerte sich in Ihrer Ausgabe vom 17. Mai über das mangelhafte Benehmen unseres Personals. Nach sorgfältigen Recherchen der in diesem Brief geschilderten Vorgänge ist es nun unser Bestreben, den Hergang des Falles ins rechte Licht zu rücken:
Tatsache ist, daß Herr Dunkellicht am 24. März d. J. in unserer Abteilung »Angewandte Pädagogik« vorsprach, um – nach seiner Darstellung – vom Abteilungsleiter eine Importgenehmigung für einen handgeschmiedeten Edelstahlhammer zum Behufe der Zertrümmerung von Rubiks Zauberwürfel zu verlangen. Als dessen Sekretärin höflichst fragte: »In welcher Angelegenheit?«, erwiderte Herr Dunkellicht: »Es geht um den Würfel, bitteschön.« Worauf sie sich erkundigte: »Sie sind wohl übergeschnappt, was?« Herr Dunkellicht beschwerte sich über ihr Benehmen, was zur Folge hatte, daß einige rüstige Beamte derselben Abteilung ihm eigenhändig die Treppe hinunterhalfen. Herr Dunkellicht verklagte uns auf Schmerzensgeld, aber wir distanzierten uns von einer Zahlung mit der Begründung, daß wir mit geistig Umnachteten seines Kalibers keine engeren Kontakte zu pflegen gewillt seien.

Das ist der genaue Hergang der Dinge.
Wir bedauern es außerordentlich, daß sich Herr Dunkellicht bemüßigt fühlte, diese Affäre mit unbegründeter Eile an die Öffentlichkeit zu zerren, ohne uns die Möglichkeit zu geben, den offiziellen Standpunkt und die wirkliche Abfolge der Ereignisse klarzumachen. Dennoch glauben wir, daß das Ergebnis unserer Untersuchung Herrn Dunkellicht dazu bewegen wird, die Angelegenheit weniger melodramatisch zu betrachten, und seine gesellschaftsfeindliche Haltung zu revidieren.«

Schnarcherei

Nein, das war nicht der liebe, junge, alte, fröhliche Gerschon, wie wir ihn kennen und lieben.
»Meine Ehe ist gescheitert«, klagte er, »nach siebenundzwanzig glücklichen Jahren. Aus.«
Er blickte traurig auf seinen Ehering. Auch um seine Augen lagen Ringe.
»Es begann ungefähr vor einem Monat«, erzählte er. »Wir gingen sehr früh schlafen, Gloria und ich, weil der Fernseher in Reparatur war. Wir fielen todmüde ins Bett, schliefen sofort ein, und dann um zwei Uhr in der Früh passierte es.«
»Was passierte?«
»Gloria weckte mich auf. ›He!‹, sagte sie. ›Du schnarchst wie eine Motorsäge, Gersch.‹ Ich war höchst erstaunt. Ich? Schnarchen? Ein so ruhiger Mensch wie ich, der nichts auf der Welt so sehr haßt wie Lärm? Kurz, um fünf weckte sie mich weniger zärtlich: ›Verflucht und zugenäht, du gibst Geräusche von dir wie ein Bulldozer.‹ Ich vergrub mich tief in meine Decken und dachte nach. Träumte mir, ich sei ein junger, hungriger Löwe oder gar ein alter, rostiger Preßlufthammer?«

»Mach dir nichts draus, Gerschon«, bemerkte ich, »jeder von uns schnarcht hin und wieder.«

»Hin und wieder, aber doch nicht ununterbrochen so wie ich. Die folgende Nacht war noch schlimmer. Gegen Morgen schüttete mir Gloria ein Glas kaltes Wasser ins Gesicht. ›Ich halte das nicht mehr aus, Gersch!‹, schrie sie. ›Kannst du denn nichts dagegen tun?‹ Oh ja, ich hätte schon eine Lösung gewußt. Seit Jahren wollte ich ihr getrennte Schlafzimmer vorschlagen, da ich es liebe, vor dem Einschlafen im Bett ungarische Kreuzworträtsel zu lösen. Aber ich habe nie gewagt, es ihr zu sagen, weil ich fürchtete, ihre Gefühle zu verletzen.«

»Sag mal«, fragte ich Gerschon, »liegst du beim Schlafen vielleicht auf dem Rücken?«

»Das wollte der Arzt auch wissen. Er hat mir übrigens geraten, vor dem Schlafengehen ein heißes Fußbad zur Beruhigung zu nehmen. Aber auch das hat nichts geholfen. Gloria mußte mich trotzdem jede Nacht mehrere Male wegen meiner Schnarcherei wecken. Am Ende der Woche war ich reif für die Klapsmühle.«

»Erstaunlich, daß du überhaupt noch einschlafen konntest«, entgegnete ich.

»Wer sagt, daß ich konnte? Im Gegenteil! Inzwischen war ich in derart panischer Angst davor zu schnarchen, daß ich nicht mehr einschlafen konnte. Ich starrte im Dunkeln an die Decke und lauschte Glorias ruhigen, gleichmäßigen Atemzügen. Zum Teufel, die Frau atmet so regelmäßig wie ein Metronom, sagte ich mir. Warum, um alles in der Welt, schnarcht sie nicht auch? Und da kam mir die rettende Idee. Ich beugte mich über mein Metronom, rüttelte es wach und sagte bissig: ›Weißt du eigentlich, mein Schatz, daß du auch schnarchst? Und zwar so laut, daß du eine Familiengruft aufwecken könntest?‹ Gloria war wie vor den Kopf gestoßen. ›Ich? Schnarchen? Du spinnst ja!‹ Nun, um es kurz zu machen, in dieser Nacht weckte ich sie viermal auf. In der Früh sagte ich scheinheilig, wahrscheinlich sei alles meine Schuld, denn vermutlich hätte ich sie angesteckt...«

»Blödsinn«, bemerkte ich, »Schnarchen ist nicht ansteckend.«

»Wem sagst du das? Die gute Gloria hatte ja auch keinen einzigen Laut von sich gegeben. Ich war nur in Gegenoffensive gegangen.«

»Dir ist hoffentlich klar, daß das sehr unfair war?«

»Gewiß. Aber das Leben ist nun mal kein Honiglecken. Wie dem auch sei, ich beschloß, so weiterzumachen, das heißt, Gloria aufzuwecken, bevor ich selbst in Versuchung käme, zu schnarchen. Und in der folgenden Nacht stellte ich mich tief schlafend, lag jedoch wach und zählte Schafe. Ich nahm mir vor, Gloria in etwa einer Stunde mit dem dringenden Rat zu wecken, schleunigst einen guten Psychiater aufzusuchen.«

»Gerschon, du bist ein Schuft.« sagte ich.

»Man tut, was man kann. Und außerdem, es kam nicht dazu. Nach kaum zwanzig Minuten begann Gloria wie wild auf meiner Brust herumzutrommeln. ›Es ist eine Qual, Gersch‹, jammerte sie. ›Eine echte Folter. Es wird von Nacht zu Nacht schlimmer!‹«

»Willst du damit sagen, daß Gloria dasselbe Spielchen trieb?«

»Und wie! Es stellte sich wahrhaftig heraus, daß ich niemals auch nur geseufzt, geschweige denn geschnarcht hatte. Gloria gestand mir unter Tränen, das ganze Theater mit meiner Schnarcherei sei bloß ein Trick gewesen, weil sie so schrecklich gerne getrennte Schlafzimmer hätte. Sie hatte aber nicht gewagt, mir das zu sagen, um meine Gefühle nicht zu verletzen. Als ich ihr erklärte, daß ich seit langer Zeit den gleichen Gedanken hatte, brachen wir beide in befreiendes Gelächter aus und fielen einander in die Arme. Danach schliefen wir ein, eng aneinandergeschmiegt wie zwei Täubchen, die sich wiedergefunden hatten.«

»Gratuliere!«

»Moment! Ich bin noch nicht fertig. Genau in dieser Nacht, als Glorias Lockenwicklerkopf sanft auf meiner Schulter ruhte, und ein süßes Lächeln ihr schlafendes Gesicht verklärte, in jener

Nacht, in der ich so glücklich war wie seit langer, langer Zeit nicht mehr – da begann Gloria zu schnarchen.«

»Nein!«

»Doch. Bloß, das war nicht nur ein Schnarchen, das war ein Grollen wie aus einem Vulkan. Nun stell dir die Lage vor, in der ich mich befand. Mein geliebtes Weib ruht laut schnarchend in meinen Armen, und das letzte auf der Welt, was ich tun kann, ist, sie aufzuwecken, um es ihr zu sagen. Sie hätte mir doch niemals geglaubt. Das Ganze hätte ausgesehen, als wollte ich einen schlechten Witz wiederholen.«

»Ein echtes Dilemma«, mußte ich zugeben.

»Du sagst es. Im Morgengrauen, als ich drauf und dran war, die getrennten Schlafzimmer doch wieder in Erwägung zu ziehen, kam mir eine Glanzidee.«

»Du hast zurückgeschnarcht!«

»Richtig. Laut und vernehmlich. Mit aller gebotenen Deutlichkeit. Schließlich war das die einzige legitime Art, sie aufzuwecken. Ich habe abwechselnd gepfiffen und geschnarcht, gepfiffen und geschnarcht...«

»Sehr gut!«

»Nicht sehr gut. Sehr schlecht. Denn Gloria befand sich in der gleichen Situation wie ich. Ihr war klar, daß ich ihr niemals glauben würde, wenn sie mich jetzt wachrüttelte, um mir zu sagen, daß ich schnarche. Also stellte sie sich taub, und gab vor zu schlafen. Und das ist die derzeitige Lage.«

»Eine verfahrene Situation.«

»Genau. Und das Ärgste ist, ich weiß gar nicht, ob Gloria das Schnarchen nun simuliert, um doch noch ein eigenes Schlafzimmer zu bekommen, oder ob sie tatsächlich ganz ehrlich schnarcht. Es macht mich verrückt, sag ich dir.«

Ich betrachtete die Eheringe unter Gerschons Augen:

»Hör zu«, sagte ich. »Ich habe eine Idee. Wenn Gloria heute nacht wieder zu schnarchen beginnt, dann weck sie auf. Erkläre ihr, du müßtest leider auf getrennte Schlafzimmer dringen, denn diese Totenstille würde dich wahnsinnig machen.«

»Aber sie weiß doch, daß sie schnarcht.«

»Wieso weißt du, daß sie das weiß?«

»Ach, ich weiß gar nichts mehr.«

Gerschon stand auf, um zu gehen.

»Sag mal«, fragte er mich bei der Tür, »schnarchst du eigentlich auch?«

»Ich weiß es nicht. Meine Frau will keine getrennten Schlafzimmer.«

Seither habe ich Gerschon nicht wiedergesehen. Und was meinen Schlaf angeht, ist er auch nicht mehr das, was er vor sechzig Jahren einmal war.

Wohltätigkeit

»Wer eine Menschenseele rettet«, sagten unsere Urväter in grauer Vorzeit, »muß so geehrt werden, als hätte er die ganze Welt gerettet.«
Ich erwarte keinen Dank dafür, aber ich will hiermit kundtun, daß ich am vergangenen Montag die Welt gerettet habe. Und das kam so: Ich war voll Ehrfurcht und Demut nach Jerusalem gepilgert, um unser Parlamentsgebäude zu besuchen, hauptsächlich in der Absicht, am dortigen Buffet eines der erstaunlich billigen Sandwiches zu erstehen. Es bedurfte einiger Ellenbogenstrategie, um mich durch die Menge zu drängen, welche die Theke belagerte. Plötzlich aber kam mir ein ungewöhnlicher Gedanke: Wenn ich schon hier bin, könnte ich doch von der Besuchergalerie einen kurzen Blick ins Plenum werfen, wo das Schicksal der Nation und gelegentlich auch dasjenige der ganzen Welt bestimmt wird. Ich pflichtete mir bei, drehte mich um und ging der Stille nach, bis ich das Hohe Haus betrat, das mitten in seiner verantwortungsvollen Arbeit war.
Bei meinem Eintreten befanden sich genau zwan-

zig Leute im Plenum. Zwölf davon waren Saalordner. Ferner erblickte ich einen Vorsitzenden und fünf Abgeordnete. Einer hatte das Rednerpult besetzt, und zwei weitere starrten zur Decke. Die zwei nicht starrenden Abgeordneten sortierten ihre Post und erzählten einander Witze. Der Parlamentsstenograph tat seine Pflicht und der diensthabende Minister die seine: der Vorsitzende war halb eingeschlafen, der Minister ganz. Der Abgeordnete am Rednerpult dürfte schon über eine Stunde lang das ehrwürdige Plenum angesprochen haben, und ich begann mich zu wundern, welche inneren, geheimnisvollen Kräfte diesen kleinen Mann wohl beseelen müßten, daß er in diesem Vakuum seinen Standpunkt vertreten konnte. Ich versuchte mein Bestes, den Sinn des von ihm Vorgetragenen aufzunehmen, aber nach einer Weile erinnerte mich seine Rede mehr und mehr an das Tropfen eines rostigen Wasserhahns: »Es ist viel zu plop ... piop ... plop«, hörte ich, »denn plop ... plop ... plop Maßnahmen gegen plop ... plop ... plop zu ergreifen ...«

Ich lauschte mit geschlossenen Augen und war im Begriffe einzuschlafen, als plötzlich eine Welle des Mitleids mein jüdisches Herz überwältigte. Der Abgeordnete war ein vertrocknetes Männchen jenseits von Gut und Böse, hatte bereits die meisten tonangebenden Haare verloren, und nach seinen traurigen Augen zu schließen, handelte es sich um einen ergebenen Gatten und musterhaften Familienvater. Hier stand er nun und redete sich den Mund fusselig in dem Bewußtsein, daß abgesehen von dem gut geölten Parlamentsstenographen kein Mensch von seiner Existenz Notiz nahm.

Entwürdigend, fürwahr. Wie gesagt, eine Welle tiefen, menschlichen Mitgefühls riß mich mit. Ich stand auf und wandte mich an den Redner:

»Entschuldigen Sie«, rief ich, »wie können Sie nur so einen Blödsinn daherreden?«

»Ich habe feste Beweise in der Hand«, sagte der Abgeordnete, indem er mich durchdringend ansah, »ich würde Ihnen daher empfehlen, mit Ihren Äußerungen etwas vorsichtiger umzugehen!«

Sein welkes Gesicht begann vor Glück zu strahlen. Seine traurigen Augen begannen zu leuchten, er reckte sich und vertiefte sich mit neuer Kraft in seine Rede. Er verwandelte sich schlagartig, wie jedermann hätte sehen können, wenn er dagewesen wäre, in einen ganz neuen Menschen. Einer der Abgeordneten hörte sogar auf, seine Post durchzugehen, und der Minister wachte für einen Augenblick auf und kratzte sich hinter dem Ohr. Ich erhob mich und verließ das Hohe Haus im stolzen Bewußtsein eines verspäteten Pfadfinders, der seine tägliche gute Tat vollbracht hat.

Dolmetscher

Dieser Tage stellte die beste Ehefrau von allen so nebenbei fest, daß kein Joghurt mehr im Hause sei – nicht nur ein wesentlicher Bestandteil meines Frühstücks, sondern auch ihrer Schönheitspflege –, also begab ich mich eilends zu unserem Lebensmittelhändler um die Ecke, wo ich mitten in eine erregte Streiterei hineinplatzte.

Mein Nachbar Jechskel brüllte mit hochrotem Kopf den Lebensmittelhändler an, worauf jener in einer Lautstärke zurückbrüllte, die sogar einem Abgeordneten der Opposition zur Ehre gereicht hätte. Eine zusätzliche Komplikation ergab sich daraus, daß der Lebensmittelhändler in gutem Hebräisch fluchte, während Jechskel seine Verwünschungen ungarisch hervorstieß, die einzige Sprache, die er einigermaßen beherrscht.

»Ich habe ein Dutzend Eier von ihm verlangt«, erklärte mir Jechskel in unserer tatarischen Muttersprache, »und der debile Vollidiot ließ eines seiner miesen Eier auf den dreckigen Ladentisch fallen. Jetzt behauptet dieser unverschämte Kerl auch noch, daß ich das faule Ei zerbrochen habe,

und will, daß ich es bezahle. Ich denke nicht daran! Sie können ihm in seinem haarsträubenden Kauderwelsch sagen, daß er ein hinterfotziger Schweinehund ist, und wenn er noch ein Wort von sich gibt, dann zerbreche ich jedes einzelne seiner stinkenden Eier auf seinem verblödeten Kopf!«
Ich war in Eile.
»Also gut«, sagte ich zu Jechskel und wandte mich an den Ladeninhaber. »Der Herr läßt Ihnen sagen«, übersetzte ich, »daß es ihm aufrichtig leid tut, wenn er seine Beherrschung verloren haben sollte. Aber er ist der ehrlichen Überzeugung, daß dieses Ei ohne sein schuldhaftes Dazutun zerbrochen sei.«
»Ach ja?« fauchte der Mann hinter der Theke. »Dann bestellen Sie ihm von mir, daß er ein unverschämter Lügner ist. Sie können ihm außerdem mitteilen, daß ich schon einmal wegen Totschlags verurteilt wurde und jederzeit bereit bin, mich für das außerordentliche Vergnügen, ihm seinen dreckigen Hals umzudrehen, noch einmal ins Zuchthaus zu setzen, wenn er mir nicht auf der Stelle dieses unschuldige Ei bezahlt!«
»Gerne«, erwiderte ich und wandte mich in fließendem Ungarisch an Jechskel: »Er sagt, daß es ihm außerordentlich leid tut. Bei näherer Betrachtung wäre es durchaus möglich, daß er das Ei zerbrochen hat, und er denkt nicht daran, auch nur einen halben Piaster von Ihnen zu verlangen.«

»Also gut«, sagte Jechskel befriedigt, »solange er nicht Geld aus mir herausquetschen will ...«
»Mein Freund sagt«, übersetzte ich ohne zu zögern, »daß er natürlich gerne bereit ist, das Ei zu bezahlen, denn nichts auf der Welt liegt ihm ferner, als einen ehrsamen Handelsmann um sein kärgliches Einkommen zu bringen.«
»Vergessen Sie's«, der Händler lächelte uns beide an. »Glauben Sie, daß ich wegen eines lausigen Eis einen guten Kunden verlieren will? Mir kam es nur so vor, als wollte er Schwierigkeiten machen ...«
Er streckte seine Hand aus, tauschte einen warmen Händedruck mit Jechskel, und wäre nicht die Theke zwischen den beiden gewesen, so wären sie sich wie längst verlorengeglaubte Brüder in die Arme gefallen.
An diese Begebenheit mußte ich denken, als ich vor kurzem in der Zeitung las, für die nächsten Abrüstungsgespräche zwischen den beiden Supermächten würde ein verläßlicher Dolmetscher gesucht.
Nehmt mich.

Sparmaßnahme

Neulich besuchte ich meinen Freund Jossele, der im Sinne des Kriegslogans »Lerne den Feind kennen!« dem Staatsapparat beigetreten war und nun als Beamter in irgendeinem Regierungsbüro saß. Jossele war gerade ins Feilen seiner Nägel vertieft, als ich sein Büro betrat. Er bot mir einen Stuhl an und wir unterhielten uns eine Weile über dies und jenes, bis uns plötzlich das Läuten des Telefons unterbrach.

»Eins... zwei...« zählte Jossele die Klingelzeichen, machte aber keine wie immer gearteten Anstalten, den Hörer abzuheben. »Drei... vier... fünf...«

Nach sechzehn Klingelzeichen beruhigte sich das Telefon. Jossele nahm den Hörer ab, wählte eine Nummer, wartete einige Augenblicke lang und legte dann den Hörer wortlos wieder auf. Dann begann das Telefon wieder zu läuten und zwar genau 43 Mal...

»Typisch Weiber«, erklärte Jossele. »Das war Hortensia. Sie hat mir eben mitgeteilt, sie sei gestern nicht zu Simons Party gekommen, weil sie sich mit den Chilibohnen in der Kantine den Magen verdorben hätte. Diesen Mädchen könnten auch einmal bessere Ausreden einfallen!«

Und so wurde ich in Josseles Methode eingeweiht, die Ausgaben der öffentlichen Hand zu reduzieren.

Das Ganze begann mit einem internen Rundschreiben, das ab sofort den Telefongebrauch für Privatzwecke strikt verbot. Die Angestellten der Telefonzentrale wurden angewiesen, Zuwiderhandelnde sofort zu melden.

»Anfangs war ich wirklich besorgt«, erzählte mir Jossele. »Schließlich war ich daran gewöhnt, täglich ein, zwei Stunden mit Hortensia zu plaudern. Wir mußten uns deshalb ein System ausdenken, um die neue Verordnung zu umgehen. Wir erfanden also einen Code, der aus Klingelsignalen besteht. Und nun können wir uns, ohne dem Steuerzahler zur Last zu fallen, in unserer Klingelsprache genausogut wie in den alten Tagen unterhalten. Einmal läuten zum Beispiel bedeutet ›Wie geht es dir heute, was gibt's Neues‹, sechs Klingelzeichen: ›Mach keine blöden Witze‹, neun: ›Wollen wir heute abend ins Kino gehen? Ich habe gehört, daß der neue Woody-Allen-Film recht komisch sein soll.‹ Zehnmal: ›Schon gesehen, mich hat er eher gelangweilt.‹ Achtzehnmal: ›Was hast du gesagt? Sprich ein bißchen deutlicher Mädl, ich kann dich nicht verstehen.‹ Zweiundzwanzigmal klingeln: ›Gib nicht so an!‹ Fünfundzwanzigmal: ›Schon gut, Hortensia, von mir aus, geh mit Simon, mir kann es nur recht sein.‹ Einunddreißigmal: ›Ich? Eifersüchtig? Mach dich nicht lächerlich.‹ Zweiunddreißigmal: ›Merk dir endlich, ich bin schließlich kein Baby mehr!‹ Siebenundfünfzigmal: ›Nein?‹ Und so weiter bis zum neunzigsten Klingelzeichen, und das bedeutet: ›Glaub ja nicht, daß ich auf dich angewiesen bin, hallo, warte einen Moment, häng nicht auf! Zum Teufel, jetzt hat sie aufgehängt!‹«

»Wirklich nicht schlecht«, mußte ich zugeben. »Aber wie kannst du wissen, daß Hortensia und nicht jemand anderer anruft?«

»Dumme Frage«, lächelte mich Jossele an. »Ich hebe den Hörer erst nach dem neunzigsten Klingelzeichen ab.«

»Hält denn jemand überhaupt solange durch?«

»Aber klar. Schließlich sind wir eine staatliche Institution.«

Karriere

Aaron Weinreb war das schwarze Schaf in der Familie. Seinem Vater, einem angesehenen Inhaber einer blühenden Wechselstube, kamen die ersten Bedenken in bezug auf seinen Sohn, als dieser nicht wie alle anderen kleinen Buben mit Murmeln spielte, sondern sich im zarten Alter von fünf Jahren in die Küche begab und den Mixer auseinandernahm, um zu sehen, woraus er gemixt war. Auch die liebende Mutter zeigte Besorgnis: »Das Kind ist zu intelligent«, drängte sie ihren Gatten, »unternimm irgend etwas.«

Papa Weinreb besorgte seinem Kind in Windeseile eine Raketenpistole mit Supermankleidung und nahm ihn zu Fußballspielen mit, jedoch ohne Erfolg. Aaron war ein unverbesserlicher kleiner Intellektueller. In der Schule fühlte er sich wohl wie ein Fisch im Wasser, war ständig der Klassenerste und verbrachte die Tage damit, seine Nase in dicke Bücher zu stecken. Die Zukunft schien düster, wahrhaftig. Eines Tages setzte sich Papa Weinreb hin, um mit seinem Sohn ein Gespräch von Mann zu Mann zu führen:

»Mein Junge«, begann er, »es ist eines Vaters Pflicht, seinen Sohn zu warnen. Wenn du dich nicht bald änderst, wird es ein schlimmes Ende mit dir nehmen. Du gehörst einer guten und angesehenen Familie an, deren Mitglieder durchwegs respektable Positionen erreicht haben. Dein Onkel Moses ist ein prominenter Grundstücksmakler, Onkel Avigdor ein überdurchschnittlicher Steuerberater, und was mich betrifft, so bin ich, wie du wohl weißt, ein allseits geschätzter Wucherer. Auch deine Brüder zeigen vielversprechende Anlagen: Amitai wird demnächst Teilhaber des Nachtlokals, in dem er derzeit als Barmixer arbeitet, und Micky hat als diplomierter Tierstimmenimitator einen großen politischen Aufstieg vor sich. Nur du, mein Junge, verschwendest deine Zeit mit Büchern. Willst du, Gott behüte, Gelehrter werden? Du? Ein Sohn Weinrebs – Gelehrter?«
Aaron senkte schweigend sein Haupt und überließ seine Eltern ihrer Verzweiflung.
Seine Mutter weinte nachts in ihre Kissen: »Er wird noch als Bettler enden«, schluchzte die untröstliche Frau. »Mein armer Aaron wird sich mit einem Hungerlohn durchschlagen müssen. Er wird weniger verdienen als eine Putzfrau.«
»Das kann man nicht so genau wissen«, versuchte ihr Gatte sie zu beschwichtigen. »Vielleicht wird er einmal eine große Familie haben und mehr

staatliche Kinderbeihilfe beziehen als jede ledige Raumpflegerin.«

Mama Weinreb startete ihren letzten Versuch: »Also gut«, sagte sie zu ihrem mißratenen Sohn. »Wenn du schon unbedingt studieren mußt, dann tu mir den Gefallen und werde wenigstens Gynäkologe.«

Aaron aber war an diesem Metier gar nicht interessiert. Was er schon immer werden wollte – und zwar seit dem Tag, da er zum ersten Mal mit dem Mixer in Fühlung kam – war Physiker.

»Es ist alles deine Schuld«, warf Mama Weinreb ihrem Gatten vor. »Du hast ihm damals erklärt, wie der Motor in deinem Wagen funktioniert. Einmal hast du ihn sogar die Kerzen reinigen lassen.«

»Ich habe doch gehofft, aus ihm einen Taxifahrer mit regelmäßigem, steuerfreien Trinkgeldeinkommen zu machen«, gestand der alte Weinreb mit gebrochener Stimme. »Wie hätte ich je ahnen sollen, daß der Lümmel studieren will?«

Die Weinrebs trösteten sich inzwischen mit den brillanten Karrieren seiner Brüder. Amitai hatte das Nachtlokal verkauft und gründete eben einen exklusiven Massagesalon, während Micky, der diplomierte Tierstimmenimitator, mit großem Erfolg die ideologische Kampagne seiner Partei leitete und im Begriff war, für das Parlament zu kandidieren.

Die alten Weinrebs hofften immer noch, daß Aaron vielleicht bei der Schlußprüfung durchfallen würde, aber Wunder sind heutzutage eine Sache der Vergangenheit. Aaron absolvierte »summa cum laude«, sank auf den Status eines fix besoldeten Lehrbeauftragten herab und fiel seiner Familie zur Last. Auch seine Heirat änderte nichts an der Misere, denn er brachte nur zwei Kinder zustande, und die ihm zustehende staatliche Kinderbeihilfe war nicht der Rede wert. Wenn sein Onkel Avigdor, der zum Millionär avancierte Steuerexperte, ihm nicht eine kleine Wohnung gekauft hätte, würde er vermutlich immer noch bei den Eltern leben.

Und hier könnte unsere traurige Geschichte enden, wenn nicht eines Tages die Professoren des Landes in einen Hungerstreik getreten wären. Auch unser Aaron folgte dem Streikaufruf, obwohl dies eine persönliche Konfrontation mit seinem Bruder Micky brachte, da der brillante Tierstimmenimitator inzwischen als stellvertretender Kultusminister amtierte.

Der Professorenstreik zog sich endlos hin, und eines Tages erblickte der alte Weinreb die große Chance: er empfahl seinem arbeitslos gewordenen Sohn, eine Auslandsreise anzutreten. Der weitblickende Alte besorgte ihm sogar auf eigene Kosten ein Flugticket.

Aaron stieg aus dem Flugzeug und mußte die

traurige Erfahrung machen, daß sein Physikerdiplom im Ausland nicht anerkannt wurde. So blieb ihm also nichts anderes übrig, als die Laufbahn eines freien Handwerkers, genauer gesagt Installateurs, anzustreben.

Heute ist er ein wohlhabender Mann, der mit seinem Schicksal äußerst zufrieden ist.

Die Moral der Geschichte: man soll die Hoffnung nie aufgeben.

Freitag

Als ich vor ein paar Tagen mein Haus betreten wollte, stand mir Felix Selig im Weg, und es gab kein Entrinnen. Meines Nachbarn Gesichtsausdruck spiegelte die tiefste Weltuntergangsstimmung.

»Sind Sie sich eigentlich der Tatsache bewußt«, fragte mich Felix, »daß der 13. Juli dieses Jahres auf einen Freitag fällt?«

Bis zu dieser Minute hatte ich mich mit dem Problem noch nicht persönlich auseinandergesetzt. Ich warf daher einen Blick in meinen Kalender und stellte unwillig fest, daß an der Behauptung meines Nachbarn Felix nichts zu rütteln war.

»Ich bin mir der Lage durchaus bewußt«, versuchte ich Ruhe zu bewahren.

Wiewohl ich rein äußerlich ein Bild absoluter Selbstbeherrschung bot, begannen in meinem Bauch einige neurotische Schmetterlinge zu flattern. Wenn ich nicht irre, waren es genau 13 Stück. Jeder frischgewickelte Säugling weiß schließlich, daß die Zahl »13« automatisch Unglück bringt. Dies dürfte einer der vielen

Gründe dafür sein, daß sie, die Säuglinge, ihr möglichstes tun, nicht an einem 13. das Licht der Welt zu erblicken. Ebenso wird ein vorsichtiger Mann nie an einem 13. heiraten. Wenn überhaupt.

Es geht auch die Mär, daß zum Tode Verurteilte, deren Hinrichtung auf einen 13. festgesetzt ist, die delikate Zeremonie zumindest um einen Tag vorzuschieben trachten, um etwaige Unglücksfälle zu vermeiden.

Und heuer, im Juli, fällt der 13. noch dazu auf einen Freitag.

Düstere Vorahnungen beschlichen mich. Etliche Freunde und Bekannte, sowie einige ausgewählte Passanten, die ich von der herannahenden Doppelkatastrophe in Kenntnis setzte, reagierten mit sichtbarem Erschrecken: »Oh Gott, ich bin Ihnen wirklich dankbar, daß Sie mich gewarnt haben«, keuchte unsere Putzfrau mit kreidebleichem Antlitz. »Gerade an diesem Freitag hatte ich vor, die Vorhänge abzunehmen...«

An der Eingangstür unseres Metzgers prangte eine Tafel mit der eilig hingekritzelten Aufschrift: »Am kommenden Freitag bleibt das Geschäft wegen unvorhersehbarer Unglücksfälle geschlossen.«

Der betagte Briefträger in unserem Häuserblock hatte uns bereits informiert, daß er vorhabe, am Wochenende krank zu werden. Seine Bandscheiben hätten vorsichtshalber zu knirschen begonnen.

Was mich betrifft, so stehe ich natürlich über solchen Dummheiten.

Mit einem überlegenen Lächeln sagte ich daher meine Besprechungen für den Freitag ab und teilte unserem Hausarzt mit, daß wir ihn vermutlich benötigen würden. Er möge sich mobil machen und bereithalten...

Und da erfahrungsgemäß einer Sorge die nächste folgt, fiel mir in dieser dramatischen Phase eine interessante Frage ein, die ich in Ermangelung einer geeigneteren Bezugsperson mir selber stellte:

»Unter mir gesagt, Ephraim«, sagte ich mir, »was ist eigentlich so Furchtbares dran an diesem Freitag?«

Ich gab widerspruchslos zu, daß die Abneigung gegen die 13 an sich begründet ist. Jedem kultivierten Menschen ist bekannt, daß auf Leonardo da Vincis berühmtem Gemälde »Das letzte Abendmahl« dreizehn Personen zu zählen sind, inklusive Judas.

Mit dem Aberglauben der Zahl 13 hat es schon seine Ordnung.

Was aber ist gegen den unschuldigen Freitag einzuwenden?

Warum soll ausgerechnet der Freitag ein offizieller Unglückstag sein und nicht zum Beispiel der Donnerstag, wo es donnert? Mein Grübeln führte zu keinem greifbaren Ergebnis. Alles, was mir einfiel, war, daß Selbstmörder den traurigen Sonntag bevorzugen, und Berufshexen den schwarzen Sabbat...

»Moment mal«, wandte ich mich daher an Felix. »Können Sie mir eigentlich sagen, warum ausgerechnet der Freitag ein Unglückstag sein soll?«

»Keine Ahnung«, stieß mein Nachbar hervor und stürzte mit einem heiseren Schrei in das dunkle Tagesgeschehen.

Es stellte sich alsbald heraus, daß alle meine Bekannten in ähnlichem Dunkel tappten. Wer immer von mir befragt wurde, bestätigte mir vorbehaltlos, daß ein 13. plus Freitag einfach lebensbedrohend sei, aber keiner von ihnen kam weiter als Leonardo da Vinci.

Einer meiner akademisch gebildeten Bekannten riskierte die aus dem Leeren gegriffene Vermutung, daß es sich hierbei um ein atavistisches Phänomen aus der Steinzeit handeln müsse. Andere erklärten ohne Umschweife, der Grund sei irrelevant, da es müßig wäre, historische Notwendigkeiten in Frage zu stellen.

Kurz bevor ich drauf und dran war, die Flinte ins Korn zu werfen, wandte ich mich an eine 90jährige Matrone, und sie war es, die mir als einzige eine vernünftige und nicht von spießigem Aberglauben entstellte Erklärung gab.

Die ehrwürdige Dame schloß die Augen und sagte nach langem Schweigen:
»Freitag der 13. ist seit Menschengedenken ein sehr beängstigendes Datum, weil an diesem Tag alle Menschen sehr verängstigt sind.«

Ehrlichkeit

Ein seltsames Faktum ist: die meisten Menschen, denen man so in meiner Umgebung begegnet, erweisen sich früher oder später als ausgesprochen ehrliche Wesen. Eines Morgens zum Beispiel, als ich die Hauptstraße entlang ging, erhaschte ich im Schaufenster eines Schuhgeschäftes, das voll rosaroter Sandalen war, mein Spiegelbild. Der flüchtige Blick belehrte mich, daß meine Frisur etwas verwahrlost war. Ich ging rasch weiter, und zwar genausolang, bis ich eines schicken Friseurladens ansichtig wurde. Ich trat ein, ließ mich in einen freien Dentistenstuhl fallen und harrte der Dinge, die da kommen sollten.

Es kam ein diensteifriger Mann, der in einen Operationsmantel gehüllt war. Er richtete an mich die Frage:

»Haare schneiden?«

»Nein«, erwiderte ich, »nur fassonieren.«

Was immer »fassonieren« im deutschen Sprachraum bedeuten mag, im mediterranen Friseurjargon ist damit Folgendes gemeint: »Bitte schneiden Sie vorne und oben nichts weg, es genügt,

wenn Sie an den Seiten und unten ein bißchen stutzen.«
Ich bevorzuge dieses System, denn a) beginnen die weiblichen Bewohner meines Haushalts immer zu kichern, wenn ich mir die Haare schneiden lasse da b) ich mit kurzen Haaren wie ein schwachsinniges Schaf wirke.
Der Friseur nahm seine Schere zur Hand und verkündete:
»Fassonieren wird nicht genügen, mein Herr. Was Sie brauchen, ist ein richtiger Haarschnitt. Überlassen Sie das ruhig mir.«
»Hören Sie zu«, sagte ich in strengem Ton, »kann sein, daß ich einen richtigen Haarschnitt brauche, aber *ich will ihn nicht!* Mir genügt fassonieren. Ist das klar?«
»Mag sein, mein Herr, aber fassonieren genügt *mir* nicht.«
»Also gut«, schnappte ich zurück, »dann werden Sie mich eben fassonieren, und ich bezahle einen Haarschnitt.«
Worauf der Friseur sich wortlos in mein Haar vertiefte.
Ich blickte erst von meinem Herrenmagazin auf, als er mir einen kleinen Handspiegel vor den Hinterkopf hielt. Das mag eine Art von Ritual bei Friseuren sein, vielleicht ist es aber auch nur ein Aberglaube. Was ich im großen Spiegel erblickte, war allerdings eine derartig fundamentale Verän-

derung meiner Person, daß die Herrschaften Jekyll und Hyde neben mir erblassen mußten.
»Zum Teufel«, brüllte ich, »Sie haben mir kaum ein Haar auf dem Kopf gelassen!«
»Mäßigen Sie sich, mein Herr«, wies mich der Haarkünstler zurecht. »Erwarten Sie von einem ehrlichen Friseur, daß er Ihr Geld für einen kompletten Haarschnitt nimmt und Sie dann nur fassoniert?«
Verstehen Sie jetzt, was ich meine?
Der hochstehenden Moral eines ehrenvollen Handwerkers habe ich es nun zu verdanken, daß ich a) wie ein schwachsinniges Schaf aussehe und b) die Weiber in meinem Haushalt kichern wie beschwipste Enten.
In Zukunft werde ich mich nur noch von Friseuren mit niedriger Berufsethik bedienen lassen.

Verriß

Normalerweise ist Kulturkritik kein wie immer gearteter Gesprächsstoff. Wer hin und wieder mit solchen Artikeln konfrontiert wird, schenkt ihnen üblicherweise nicht mehr als einen flüchtigen Blick und geht zur Tagesordnung über.
Mir allerdings kann es von Zeit zu Zeit passieren, daß ich eine besonders gute Rezension sorgfältig ausschneide und in ein Spezialalbum einklebe, sie auf Mikrofilm übertrage, oder daß ich eine kleine Ausstellung der enthusiastischsten Kritiken meiner Stücke arrangiere. Aber damit hat es sich auch schon. Man soll schließlich nicht übertreiben.
Vor einiger Zeit verfaßte zum Beispiel ein gewisser Weintraub-Pryznitz höchst Vorteilhaftes über mein neues Stück:
»... der Dialog war spritzig und ein wahres Vergnügen für die Zuschauer«, schrieb er. »Ich glaube, daß trotz eines gewissen Hanges zu Übertreibungen sein Stil von bemerkenswerter Klugheit, Reife, Weltoffenheit und polemischer Schärfe ist.«
So etwas nimmt man ganz lässig zur Kenntnis,

und klebt es in den Band Nummer acht mit der Überschrift »Bravo bis Hurra«.
Und was passiert dann? Man zeigt sich in der Stadt und trifft gute Freunde:
»Hör mal«, sagen die guten Freunde. »Was hat dieser Weintraub-Pryznitz gegen dich?«
»Warum?« erwidert man. »Seine Kritik war doch ganz anständig.«
»Anständig nennst du das? Die Passage mit der Übertreibung war schlicht und einfach beleidigend.«
Auch im Kaffeehaus schlägt einem sofort eine Welle des Mitleids entgegen:
»Nimm's nicht tragisch«, lautet der Grundtenor. »Dieser Weintraub-Pryznitz ist ein Vollidiot. Ignorier ihn einfach.«
Einige meinen sogar: »Warum läßt du dir das gefallen? Wofür hält sich dieser Weintraub-Pryznitz eigentlich?«
Also geht man nach Hause und liest die Kritik noch einmal durch.
Wirklich eine Unverschämtheit! Wie kommt dieser Dilettant nur auf »Übertreibungen«? Man sollte ihm gründlich die Meinung sagen, was Übertreibungen wirklich sind, der Schlag soll ihn treffen!
Man macht sich sogleich auf den Weg zu Weintraub-Pryznitz und sagt ihm:
»Jetzt hören Sie einmal gut zu, Herr Weintraub-

Pryznitz. Wenn Sie nicht mit diesem elenden Geschreibsel aufhören, werden Sie was erleben!«
Weintraub-Pryznitz entschuldigt sich auf der Stelle, erklärt, daß er das Stück eigentlich gar nicht gesehen hat und verspricht eine Richtigstellung zum nächstmöglichen Termin.
Und tatsächlich, schon einige Tage später steht in seiner Kolumne: »Das Stück zeigt eindeutig, daß sich sein Autor zu einem der besten Bühnenschriftsteller des Landes entwickelt hat. Bravo!«
Man liest das und fühlt sich einigermaßen rehabilitiert. Und zwar genau so lange, bis man wieder seinen besten Freunden begegnet:
»Sag mal«, fragen sie, »was hat dieser Trottel gegen dich?«
»Wieso?«
»Dieser Kerl bezeichnet dich doch tatsächlich als einen der besten Bühnenschriftsteller des Landes! Verstehst du noch immer nicht? ›Einen‹ sagt er! Der will dich ruinieren.«
Also geht man wieder zu diesem Monster und packt ihn am Kragen:
»Paß auf, Weintraub-Pryznitz, noch ein abträgliches Wort und du hast ausgelitten!«
Pryznitz verspricht, sein Bestes zu tun und in der Wochenendausgabe seiner Zeitung erscheint folgendes:
»... er ist mit absoluter Gewißheit der beste Bühnenautor aller Zeiten. Halleluja.«

Man zeigt das seinen Freunden.
»Oj!« sagen sie. »Er muß dich aus tiefster Seele hassen, dieser Psychopath.«
»Aber wieso?« erwidert man. »Ein größeres Lob gibt es doch gar nicht.«
»Du naiver Tropf!« bemühen sich die Freunde. »Es sind nicht die Worte, die da zählen, sondern die Absicht.«
Also geht man wieder zu Weintraub-Pryznitz und haut ihm eine Eisenstange über den Schädel. Und nun sagen alle:
»Was hattest du eigentlich gegen den armen Kerl? Er hat doch immer nur das Beste über dich geschrieben.«
Hier gibt man seinen Beruf auf.
Es ist problemloser, Freund zu sein.

Pädagogik

Dieser Tage kehrte ich nach einem kurzen Auslandsaufenthalt heim in den Schoß der Familie und wurde von meiner vierzehnjährigen Tochter Renana mit folgenden Worten begrüßt: »Du bist ein blöder Hund, Paps, und wirst langsam, aber sicher, senil. Außerdem stinkst du.«

Sie sah mich erwartungsvoll an, verharrte einen kurzen Moment, dann machte sie kehrt und verschwand. Offensichtlich war sie enttäuscht. Ich hingegen ging schnurstracks zu ihrer Mutter und fragte sie, ob solche Dinge heutzutage an den Schulen gelehrt würden.

»Ja«, meinte die beste Ehefrau von allen. »Warum?«

Ich verlangte eine umfassende Erklärung, und sie erläuterte den jüngsten Stand der Dinge einschließlich des neuesten pädagogischen Hintergrundes.

Renana, so wurde ich informiert, mache in letzter Zeit eher gute Fortschritte in der Schule, außer in einem Fach: angewandte Literatur. Die ersten betrüblichen Anzeichen waren sichtbar gewor-

den, als der Lehrer den Schülern das Aufsatzthema: »Meine aufschlußreiche Unterhaltung mit unserem älteren Briefträger« gab. Renana war verzweifelt, da sie noch nie ein Wort mit irgendeinem Briefträger, nicht einmal mit einem jungen, gewechselt hatte. Meine Frau versuchte hilfreich zu sein. Sie riet ihr, zu schreiben, daß sie unseren älteren Briefträger nach seinem Befinden gefragt hätte, worauf dieser versicherte, er trüge seine tägliche Last mit Wonne, da er ein wahrer Sozialist sei, der fest daran glaube, jeder pünktlich zugestellte Brief sei ein Baustein zur Errichtung einer fröhlichen, klassenlosen Gesellschaft.
Renana verwarf den Vorschlag ihrer Mutter als infamen Betrug und schrieb stattdessen: »Ich kenne keinen Briefträger.«
Dies entsprach zwar den Fakten, doch das Ergebnis war die schlechteste Note, die in der Geschichte ihrer Schule jemals vergeben wurde.
Das nächste Thema, mit dem man Renana konfrontierte, lautete: »Ich vergaß, den Wasserhahn abzudrehen.« Dies bewirkte vermutlich den leichten Schimmelgeruch, der mir gleich beim Betreten unseres Hauses in die Nase gestiegen war.
Danach verschwand sie für drei Tage, bis die Polizei sie von den Gestaden des Toten Meeres nach Hause brachte. Dort hatte sie Material für den Tatsachenbericht gesucht: »Meine Gedanken beim Betrachten von Lots Weib.« Gott sei Dank

war ihr daraufhin eine Ruhepause vergönnt. Sie mußte eine Zeitlang das Bett hüten wegen eines verstauchten Knöchels, den sie sich anläßlich des Aufsatzes: »Als ich unachtsam die Autobahn überquerte« zugezogen hatte.
»Und heute sammelt sie Erfahrungen zum Thema ›Als ich die Gefühle eines lieben Mitmenschen verletzte‹«, schloß meine Gattin ihren Bericht. »Deshalb nannte sie dich ›blöder Hund‹. Das Kind braucht Material. Wenn also einige unserer Freunde und Bekannten uns plötzlich schneiden, weißt du, warum. Hast du irgendeine Idee, was wir tun könnten?«
Ich schlug ein Protestschreiben an den Unterrichtsminister vor mit der dringenden Anfrage, warum jeder Schulaufsatz unbedingt in der 1. Person Einzahl zu verfassen sei?
Die beste Ehefrau von allen fragte, ob ich nicht eine intelligentere Methode wisse, meine Zeit zu vergeuden. Daraufhin sagte ich: »Aber ja«, setzte mich hin und schrieb dieses Dokument.

Inflation

»Also«, wandte sich der Finanzminister an diesem denkwürdigen Abend an seinen Kabinettchef, »was wurde heute teurer?«
»Mmh«, der Kabinettchef wich dem Blick des Ministers aus, »heute ... mmh ... nichts. Heute nichts.«
»Hör zu, KC«, der Minister wurde ungeduldig, »für billige Witze ist meine Zeit zu kostbar.«
»Es ist kein Witz«, erwiderte der KC. »Heute ist kein einziger Preis gestiegen. Ich habe keine Ahnung, wie das passieren konnte. Die Preise sind seit gestern eingefroren. Das ist ein unumstößliches Faktum. Irgendwo muß Sand ins Getriebe gekommen sein. Aber wenn es sein muß, bin ich bereit, die persönliche Verantwortung dafür zu übernehmen. Deshalb möchte ich den Herrn Minister bitten, hiermit meinen Rücktritt zu akzeptieren.«
Der Minister wurde blaß. Einen Moment lang saß er regungslos da, erstarrt wie der Preisindex, dann schlug er mit der Faust auf die Schreibtischplatte:

»Verdammt noch mal! Und das sagen Sie mir erst jetzt, kurz vor Feierabend?«
»Wir haben alle bis zur letzten Minute gehofft, daß irgendein Preis steigen würde«, wand sich der Kabinettchef.
Der Minister hob mit zittriger Hand den Telefonhörer ab.
»Hallo, Handelsministerium? Was ist mit den Zigaretten?«
»Wir bedauern«, wurde ihm bedeutet, »die Erhöhungen kommen immer am Wochenende.«
»Was ist mit dem Salz?«
»Morgen.«
»Kartoffeln?«
»Wurden vorgestern erhöht.«
»Hühneraugenpflaster?«
»Vor fünf Tagen.«
»Schwimmunterricht?«
Der Minister wartete die Antwort gar nicht mehr ab. In panischem Schrecken sah er auf die Uhr und schrie: »Nur noch eine halbe Stunde Zeit!« Er stürzte aus dem Haus, warf sich in seinen Dienstwagen und raste mit Blaulicht und Folgetonhorn ins Postministerium.
»Ich flehe euch an, erhöht mir irgendetwas. Telefongespräche, Briefporto, was immer euch einfällt. Es geht um Leben und Tod.«
»Gerne«, sagte man ihm, »aber für heute ist es leider schon zu spät.«

Der Minister raste zum Elektrizitätswerk.
»Heute leider nicht«, lautete das Urteil. »Der Ölpreis wurde eben um 8 Cent gesenkt.«
Er raste ins Textilmuseum, wo man einhellig die Köpfe schüttelte:
»Nichts zu machen, Exzellenz. Aber wenn Sie nach dem nächsten Monatsersten kommen, werden wir weitersehen.«
Der Minister war in dieser halben Stunde um Wochen gealtert. Er fuhr zurück in sein Büro und ließ den Kabinettchef antreten:
»Melden Sie sofort der Presse«, befahl er, »daß in Anbetracht der steigenden Rohstoffpreise einerseits und infolge der Auswirkungen auf die Produktionskosten andererseits wir uns gezwungen sehen, die Preise irgendeines Produktes um 14½ Prozent zu erhöhen. Näheres wird in Kürze bekannt gegeben.«
Der Kabinettchef eilte in sein Büro, um die Presse zu verständigen, während der Minister sich erleichtert in seinem Sessel zurücklehnte:
»Geschafft«, atmete er erleichtert auf. »Wenigstens haben wir eine Panik in der Bevölkerung verhindert.«

Profi

Menschen, die den alten Lustig nicht näher kennen, halten ihn für einen Taxifahrer. Er ist prinzipiell schlecht rasiert, seine Augen sind demonstrativ rot und geschwollen, weil er absichtlich zu wenig schläft. Beim Gehen klirren in seiner Tasche zahllose Autoschlüssel, und wenn er sitzt, dann nur hinter dem Lenkrad seines schwarzen Taxis. Genaugenommen ist Lustig ein Taxifahrer. Diese lapidare Definition jedoch wird den Tatsachen nicht annähernd gerecht.

De facto managt Lustig den internationalen Flughafen von Tel Aviv.

Das habe ich selbst herausgefunden, als vorige Woche mein Wagen streikte und ich ausgerechnet in sein Taxi stieg, um zum Flughafen zu fahren. Ich sollte einen entfernten Onkel abholen, dessen Ankunft für 7 Uhr 30 morgens angekündigt war.

»Regen Sie sich nicht auf«, beruhigte mich Lustig, als wir uns dem Flughafen näherten. »Lustig weiß Bescheid. Mit was fliegt er denn, Ihr Onkel?«

»Soviel ich weiß mit der Sabena.«

»Und deswegen habe ich mich so beeilen müssen?« Lustig nahm seinen Fuß vom Gaspedal. »Die Maschine kommt erst um 8 Uhr 40 an. An Donnerstagen hat Sabena immer 1 Stunde 10 Minuten Verspätung, Air France 25 Minuten und TWA 1 Stunde 12 Minuten. Paß- und Zollkontrolle werden nicht zu lang dauern, weil zu diesem Zeitpunkt das Zollgewerkschaftskomitee seine allmorgendliche Sitzung abhält. Ihr Onkel wird ein bißchen erschöpft sein nach dem Sturm über Griechenland, aber ansonsten munter und fröhlich, wenn auch verärgert wegen des säuerlichen Rotweins, den ihm die schlampige Stewardess serviert hat.«

»Wieso wissen Sie das alles?«

»Wieso Lustig das weiß, fragt er! Werter Herr, ich fahre seit über vierzig Jahren zum Flughafen und zurück. Ich bin heute soweit, daß ich einem Menschen nur ins Gesicht schaue, und schon weiß ich, wo er herkommt, wieviel Geld er bei sich hat und was er schmuggelt. Ein Blick, und ich weiß: fünf Koffer und eine Hutschachtel. Ich habe mich noch nie um mehr als ein Stück Handgepäck geirrt. Bedenken Sie, vierzig Jahre ...«

Wir erreichten den Flughafen. Ein Wachposten verlangte meine Identitätskarte. Vor Lustig hingegen salutierte er.

»Im Moment tut sich ziemlich viel hier«, bemerkte Lustig, »wegen der vielen Emigranten aus Osteuropa. Sachen kann man hier erleben –

manchmal gehen die einem wirklich nahe. Vorigen Montag zum Beispiel kam eine alte Frau an, die ihre Tochter fünfundzwanzig Jahre lang nicht gesehen hat. Fünfundzwanzig Jahre, Herr! Die sind einander um den Hals gefallen und haben geschlagene zehn Minuten lang abwechselnd geweint und gelacht...«

In diesem Augenblick strömte eine Schar von Passagieren in die Ankunftshalle. Ein junger Mann drängte sich durch die wartende Menge, stürzte auf einen langbärtigen Mann zu, und beide brachen in Tränen aus.

Lustig beobachtete die beiden schweigend. Dann sagte er:

»Dreizehn Jahre.«

Eingeschrieben

Allergien können eine Pest sein. Oder Schlimmeres. Wer immer von der Pest befallen wird, nimmt sie nicht wahr, weil er kaum bei Bewußtsein ist. Wohingegen ein Mensch, der angesichts eines frischen Strohhutes zu niesen beginnt, sehr wohl weiß, warum er niest.

Allergien sind also ein unerforschtes Mysterium. Ich habe zum Beispiel einen entfernten Freund, der sich sofort zu kratzen beginnt, wenn man von einem Samtvorhang spricht. Eine meiner zahllosen Schwiegermütter hingegen ist jederzeit bereit, frohen Mutes einen Löwenkäfig zu betreten, aber sie fällt sofort in Ohnmacht, wenn sie eine Katze riecht, die ohne Schirm aus dem Regen kommt.

Was mich betrifft, so bin ich gegen eingeschriebene Briefe allergisch.

Wobei es nicht die Briefe selbst sind, die mir Beschwerden verursachen, sondern die an meiner Wohnungstür angebrachten Hinterlegungsanzeigen folgenden Wortlautes:

»Sehr geehrte(r)(s) Herr/Frau/Fräulein! Das an Sie adressierte Schriftstück konnte wegen Ihrer

Abwesenheit / weil der Briefschlitz zu schmal ist / weil die Treppe zu steil ist / weil der Briefträger keine Zeit hatte (Nichtzutreffendes bitte streichen), heute nicht zugestellt werden. Das eingeschriebene Schriftstück wird im Postamt Nr. 72, Alte Mattamorestraße 112 in Jaffa auf Ihren Namen hinterlegt. Sie können es dort jederzeit während der durch den Poststempel unleserlich gemachten Amtsstunden abholen.«
Der bloße Anblick eines solchen Zettels treibt meinen Blutdruck sprunghaft in die Höhe, und gleich darauf erscheinen auf meinem Bauch die ersten roten Flecken. Denn ich weiß natürlich, daß auf dem Postamt 72, Alte Mattamorestraße 112, Jaffa, mindestens zwei Dutzend Männer, Frauen und Kinder vor mir Schlange stehen werden. Hinter dem belagerten Postschalter wird ein einsamer, viel zu junger Beamter in intensivem Schneckentempo Dienst nach Vorschrift tun. Er wird Briefmarken verkaufen, die er einzeln vom Bogen abreißt, er wird unzulänglich ausgefüllte Zahlkarten korrigieren, Telefonrechnungen kassieren, Altersrenten auszahlen, und in seiner kargen Freizeit wird er falsche Antworten auf idiotische Fragen geben. Außerdem wird er von jedem Menschen den Identitätsausweis verlangen, aber ich werde den meinen daheim vergessen haben, oder ich habe ihn zufällig dabei, aber mein Brief ist noch nicht da, oder er ist da und enthält eine

genaue Aufstellung der von der Stadtverwaltung gesponserten Wohltätigkeitsveranstaltungen des vergangenen Monats...

Wie gesagt, ich bin gegen eingeschriebene Briefe allergisch.

Da gibt es zum Beispiel einen Buchhändler, der zwei Straßen entfernt von mir residiert. Nichtsdestotrotz schickt er alle von mir bestellten ausländischen Zeitschriften »Eingeschrieben« über das Postamt 66, Neue Kattamorestraße 244, am anderen Ende der Stadt, und das mit beharrlicher Regelmäßigkeit.

Also suchte ich ihn kürzlich in seinem Geschäft auf und kniete vor ihm nieder: »Ich flehe Sie an, Exzellenz«, flehte ich, »bitte kein Einschreiben mehr. Ich bin bereit, zu jedem gewünschten Zeitpunkt, bei Tag oder bei Nacht zu Fuß hierherzukommen. Aber schicken Sie mir um Himmelswillen keine eingeschriebenen Zeitschriften mehr.«

Wir einigten uns darauf, daß er mich per Postkarte verständigen würde, wenn meine Zeitungen einträfen. Erleichtert ging ich davon.

Kaum war ich zu Hause, fand ich eines der Herr/Frau/Fräulein-Schreiben an meiner Türe. Ich ging zum Postamt und nahm, nach einer Wartezeit von vierzig Minuten, eine eingeschriebene Postkarte in Empfang, welche mich dahingehend informierte, daß einige von mir bestellte Zeitschriften ... sehr geehrter Herr ... eben eingetroffen...

Ich bin, wie gesagt, allergisch. Und ich möchte hiermit alle meine Leser inständig ersuchen, mir nichts Eingeschriebenes zu senden, egal wie groß die Versuchung auch sein mag.
Wiederholungstäter werden mit aller Härte des Gesetzes bestraft: ich schicke ihre Briefe eingeschrieben zurück.

Butterfly

Kürzlich saß ich mit geschlossenen Augen in meinem Lehnstuhl und versuchte mittels autogenem Training irgend etwas Komisches zu erfinden, wurde aber, Gott sei Dank, von der Türglocke erlöst. Vor der Türe stand eine winzig kleine Dame japanischen Ursprungs, die ihr Mündchen öffnete und höflich hauchte:

»Hatschi. Die Schuh.«

Mein erster Impuls war, ihr Gesundheit zu wünschen. Aber nachdem ich sie ins Haus gebeten hatte, klärte sich ihre mysteriöse Äußerung auf. Sie war nicht etwa verschnupft, sondern hatte sich lediglich vorgestellt. Sie hieß Shashiko Hachitishu und war niemand geringerer als die japanische Übersetzerin meiner Bücher. In diesem Augenblick gewann sie meine Zuneigung trotz ihrer übergroßen Brille.

»Ich freue mich ganz besonders, Sie kennenzulernen«, informierte sie mich in fließendem Deutsch und unterstrich ihre Gunst mit bezauberndem Lächeln.

»Ganz meinerseits«, lächelte ich lieblich zurück

und faltete die Hände vor der Brust, während ich mich tief verneigte. »Willkommen in meinem bescheidenden Heim, Fräulein Hachitischu.«
Nun war wieder ihr Lächeln an der Reihe:
»Es ist nicht so wichtig«, sagte sie, »aber das, was Sie da eben vollführten, war keine japanische, sondern eine chinesische Begrüßung. Wir in Japan neigen nur kurz den Kopf, ohne die Hände zu falten.«
Ich sah meinen Irrtum sofort ein, aber da sich das nicht als abendfüllend erwies, bat ich sie, Platz zu nehmen. Ich schloß mich an, worauf wir uns rasch in ein höchst angeregtes Schweigen vertieften. Nach einigem Nachdenken durchbrach ich die Stille:
»Schade, daß Sie nicht in Ihrer traditionellen Nationaltracht gekommen sind«, sagte ich, um irgendetwas zu sagen. »Übrigens, darf ich Ihnen etwas zu trinken anbieten? Vielleicht Magnolientee oder Bambussaft?«
»Nein, danke«, lächelte meine kleine Geisha, »ein trockener Martini tut's auch. Und was meine Kleidung betrifft, so enttäusche ich Sie ungern, aber so kleiden sich japanische Frauen heute.«
»Und die zusammengefalteten Fallschirme auf dem Rücken?«
»Damit müssen sich nur noch Kellnerinnen in japanischen Restaurants abschleppen, und das auch nur mehr in Europa.«

Sie konnte bezaubernd lächeln, meine winzige Übersetzerin, und dazu zeigte sie eine Überzahl blendend weißer Zähne. Plötzlich wurde mir klar, daß einem das Schweigen viel leichter fällt, wenn man so ein Lächeln made in Japan sein eigen nennt. Aber trotzdem, meine Pflichten als Gastgeber zwangen mich, nach einem gemeinsamen Gesprächsthema zu suchen.

»Ah, Madame Butterfly«, seufzte ich in wohltemperierter Nostalgie. »Ich bin verrückt nach dieser Oper.«

»Wir sind es nicht«, lächelte Fräulein Hachitishu.

»Wollen Sie damit sagen, daß Madame Butterfly in Japan nicht gespielt wird?«

»Oh doch. Sie ist sogar ein echter Hit. Es vergeht keine Saison, ohne daß sie in irgend einem Cabaret gespielt wird.«

»Haben Sie ›Cabaret‹ gesagt?«

»Natürlich. Wir vermuten nämlich, daß die italienische Diva mit den Schlitzaugen von ihrem nichtsnutzigen Pinkerton nicht sehr angetan war. Dazu kommt, daß sie bestimmt nicht wußte, welcher ihrer vielen Kunden der Vater ihres kleinen Bengels war.«

»Wie bitte?«

»Wir betrachten Madame Butterfly als eine durchtriebene, kleine Schlampe«, erklärte Fräulein Hachitishu. »Sie hat ihren Pinki nicht nur hinten und vorne betrogen, sie hat ihm auch noch Alimente aus der Tasche gezogen.«

»Sie machen Witze!«

»Keine Spur«, sagte meine Miniaturübersetzerin und lächelte mich an. »Ich glaube, Sie stellen sich die japanische Frau so vor, wie es das Hollywood-Image vorschreibt: treu, unterwürfig, liebevoll und demütig. Mit anderen Worten die dumme, kleine, teekochende Geisha, die zerbrechliche Rose aus dem Orient. Es tut mir leid, aber diese handlichen Sklavinnen gibt es in Japan nicht und hat es nie gegeben.«

»Aber«, protestierte ich halbherzig, »ich habe sie im Fernsehen doch mit eigenen Augen gesehen.«

»Natürlich haben Sie das. Als die Männer aus dem Westen entdeckten, daß die unterwürfige Geisha nichts anderes war als ein Nebenprodukt ihrer Phantasie, schufen sie sie in ihren Opern, Theaterstücken und Bestsellern neu. Eine der jüngsten Goldgruben dieser Art ist ›Shogun‹. Daraus habt Ihr sogar eine Fernsehserie gemacht.«

»Haben Sie sie gesehen?«

»Nur den Anfang. Nach einer halben Stunde hatte ich vor Lachen solche Bauchschmerzen, daß ich abdrehen mußte. Ihre Vorstellung von der japani schen Frau, wenn Sie mir die Bemerkung gestatten wollen, entspringt reinem Wunschdenken. Ihr träumt unverdrossen von einem ehrfurchtgebietenden Samurai, der seine makellose Gattin in das

Bett seines nicht unangenehm überraschten Gastes steckt. Ihr stellt euch gelenkige Japanerinnen wie siamesische Kätzchen vor, zierliche Nymphomaninnen, die bei Nacht splitternackt unter eure Decke schlüpfen. Glauben Sie mir, das ist der dümmste Witz, den wir in den letzten 300 Jahren gehört haben.«

»Wenn das so ist«, fragte ich, »was ist dann die Aufgabe der japanischen Frau?«

»Sie ist der Schatzmeister der Familie«, lächelte Fräulein Hachitishu, »oder besser gesagt, der Finanzminister. Mit anderen Worten, sie kontrolliert das gesamte Einkommen ihres Gatten, außer einem Taschengeld von einigen Yen. Vorausgesetzt, er benimmt sich anständig.«

»Und die japanischen Männer lassen sich das gefallen?«

»Natürlich. Sie haben ja ›Shogun‹ nicht gelesen.« Mit diesen Worten verabschiedete sie sich, die winzige Shashiko Hachitishu, und fuhr lächelnd nach Yokohama. Ich blickte ihr mit gemischten Gefühlen nach und beschloß, sie aus dem Protokoll zu streichen. Als Vollblutschriftsteller verabscheue ich die nackte Wahrheit. Ich bevorzuge, wie jeder normale Mann, eine zarte kleine Geisha, hingebungsvoll, unterwürfig und verführerisch. Sonst nichts.

Nach dem Abgang des kleinen Schmetterlings stand ich also auf, faltete meine Hände vor der

Brust, und – ja, zum Donnerwetter nochmal! – ich verbeugte mich tief, noch tiefer und verkündete lauthals in meinem sowie im Namen aller Supermänner dieser Erde:
»Leb wohl, gelbe Rose aus dem Orient! Mögen die Götter dich behüten und geleiten auf deiner weiten Reise in das Land der aufgehenden Sonne und der blühenden Kirschbäume . . .«
So. Wir lassen uns nicht einschüchtern. Alles bleibt, wie es war. Geishas, Shoguns, Butterflys, das ganze Teehaus.
Punktum.

Phantomzeichnung

Jetzt, da die geheimnisvollen Morde im Supermarkt endlich aufgeklärt sind und der Mörder für alle Zeiten hinter Schloß und Riegel sitzt, muß die brillante Detektivarbeit gelobt werden, die schon nach knapp zwei Jahren zur Verhaftung des Verbrechers führte.

Die Fakten sind bekannt. Der Täter betrat an jenem schicksalhaften Tag den Supermarkt und suchte nach Hustenbonbons. Als er keine fand, zog er eine Maschinenpistole hervor und erledigte dreizehn Kunden und eine Kassiererin. Dann drehte er sich um und ging davon. Die Kriminalpolizei setzte sofort ein Sonderkommando ein. Es war – wie einige Spezialisten später zugaben – so ziemlich die schwerste Aufgabe, mit der sie je betraut wurden.

Lange Zeit schien es, als ob der Killer kein einziges Indiz hinterlassen hätte. Doch dann, im letzten Moment, kurz bevor man den Fall zu den Akten legen wollte, tauchte das Beweisstück auf, das die Polizei auf die Spur brachte.

Einer der erfahrensten Beamten fand ein langes,

weißes Haar auf einer Dose veredelten Zwetschgenkompotts im untersten Fach eines Regals, und hier setzte eine logische Kette von Schlußfolgerungen ein.
Das weiße Haar, so folgerte man messerscharf, deutete auf eine ältere Person hin. Aus seiner Länge war zu schließen, daß der ehemalige Besitzer in finanziellen Nöten sein müßte, da er nicht in der Lage war, regelmäßig zum Friseur zu gehen. Daß dieses Haar ausgerechnet auf einer Dose Zwetschgenkompott klebte, wies weiter darauf hin, daß der Verbrecher unter Verstopfung leiden müsse. Darüber hinaus konnte man annehmen, daß jemand, der sich aus einem Regal ganz unten bedient, klein und kurzsichtig ist. So wurde das Netz immer enger gezogen. Aus dem vorhandenen Beweismaterial entwarfen erfahrene Fachleute eine Phantomzeichnung des Killers: einen älteren, kleingewachsenen, kurzsichtigen und schäbig gekleideten Mann mit strumpfbedecktem Gesicht, dessen verkrampfter Ausdruck von einem trägen Stuhlgang herrührte.
Das Bild des Täters wurde erst in der Presse veröffentlicht, kurz danach im Fernsehen gezeigt. Die Bevölkerung wurde ersucht, die Polizei bei der Verbrecherjagd zu unterstützen. Innerhalb weniger Tage meldeten sich bei den Behörden 327 Anrufer, die den Verdächtigen erkannt hatten. 321 davon behaupteten, es handle sich um den

Bürgermeister von Jerusalem. Dieser hatte jedoch für die fragliche Zeit ein hieb- und stichfestes Alibi. Daher konzentrierte man sich auf die übrigen sechs Verdächtigen.
Sie wurden im Hof des Polizei-Hauptquartiers in eine Reihe gestellt, und etliche Stammkunden des Supermarktes wurden aufgefordert, den Mörder zu identifizieren. Im Anschluß daran wurden drei Stammkunden festgenommen, welche ihrerseits von den Verdächtigen identifiziert wurden.
Am nächsten Tag konnte der spektakuläre Fall endgültig aufgeklärt werden.
Auf dem Polizeirevier erschien nämlich eine blutjunge Bardame, die gegen die versprochene Belohnung ihren Freund, den Supermarkt-Killer, anzeigte. Es handelte sich um einen dünnen, hochgeschossenen, kurzgeschorenen jungen Strolch, der sich geweigert hatte, ihr ein Paar Ohrringe zu kaufen.

Partnerschaft

Der Wolkenbruch erwischte mich mitten im Stadtzentrum. Natürlich hatte ich keinen Regenschirm. Glücklicherweise erblickte ich ein herumstreunendes Taxi. Ich brüllte aus Leibeskräften, riß die Türe auf, machte einen Hechtsprung ins Innere des Wagens und befahl dem Fahrer: »Fahren Sie los, egal wohin!«

Dann erst fiel mein Blick auf den knochigen Unbekannten am anderen Ende der Sitzbank, der gleichzeitig mit mir von der gegenüberliegenden Seite herein gehechtet war. Wir starrten einander an, bis die Spannung zwischen uns unerträglich wurde.

»Tut mir leid«, sagte der Taxifahrer, »ich darf nur einen Fahrgast befördern.«

»Oje«, stöhnte ich. »Warum?«

»Vorschrift«, erklärte der Taxler vorschriftsmäßig. »Während einer Fahrt kein zweiter Fahrgast. Also keine Verbrüderung, bitte.«

Es war einer jener historischen Augenblicke, in denen sich die unterdrückten Massen gegen die allmächtige Bürokratie zusammenrotten.

»Was heißt hier Verbrüderung, wir gehören zusammen«, sagte ich dem Fahrer, und prompt wandte ich mich an meinen knochigen Mitfahrer: »Hast du eine Ahnung, Walter, warum Lefkovitz am Sonntag nicht gekommen ist? Shlomo war fuchsteufelswild, und man kann es ihm nicht einmal übelnehmen.«
»Shlomo ist ein Trottel«, kapierte der Knochige blitzschnell. »Er hat genau gewußt, daß Lefkovitz eine leichte Kolik hatte. Übrigens, findest du nicht auch, daß Shlomo sich in letzter Zeit vollkommen verändert hat?«
Der Fahrer drehte sich um und durchbohrte uns mit seinem Blick. In seinen Gesichtszügen spiegelte sich ein gewisses Mißtrauen. Daher fühlte ich mich verpflichtet, dem Knochigen all meine Vorbehalte gegen den unverschämten Shlomo und seine Machenschaften zu eröffnen. Der Taxifahrer gab sich geschlagen und fuhr los. Während der Fahrt besprach ich mit Walter eingehend die obskuren Familienverhältnisse von Dr. Grünberger, unter besonderer Berücksichtigung der Seitensprünge seiner zweiten Frau. Als unser Taxifahrer in einer Gesprächspause leicht bremste, ergriff uns Panik und wir erweiterten unseren Themenkreis auf die drei siamesischen Katzen dieses liederlichen Weibes...
Als wir endlich aus dem Taxi stiegen, der Knochige und ich, waren wir so gut befreundet, daß

wir in der nächsten Bierstube weitere zwei Stunden Lefkovitz' Nierensteine, Shlomos trübe Geschäfte und Grünbergers ärgerlichen Lottogewinn besprachen.
Dann hörte es auf zu regnen.
Wir fuhren mit einem Taxi heimwärts. Unterwegs machten wir noch einen Höflichkeitsbesuch in der nächsten Irrenanstalt, Walter und ich, und fühlten uns ganz wie zu Hause.

Schlüsselerlebnis

Eines Tages ging ich in eine Gemischtwarenhandlung, um zwei Bleistifte zu kaufen. Als ich das bescheidene Päckchen mit meinen Neuerwerbungen entgegennahm, überreichte mir der Inhaber einen Schlüsselanhänger. Ich sagte ihm, daß ich keinen verlangt hätte. Seine Betroffenheit war nicht zu übersehen:
»Werter Herr«, protestierte er. »Dieser hochoriginelle Schlüsselanhänger ist ein Präsent unseres Hauses!«

Interessiert untersuchte ich die kleine Kostbarkeit. Es handelte sich um einen durchaus funktionsfähigen Nickelring, an dem ein winziges Paket Spielkarten an einer ebenso winzigen Kette befestigt war. Diese raffiniert getarnte Bestechung des Gemischtwarenhändlers hätte einen durchaus nützlichen Zeitvertreib abgegeben, vorausgesetzt man trägt Lupe und Pinzette bei sich.
Daheim angelangt wollte ich meine kleine Tochter Renana damit beglücken. Es stellte sich heraus, daß sie bereits 162 originelle Schlüsselanhänger besaß. Den letzten hatte sie gerade eine Stunde

zuvor von der besten Ehefrau von allen bekommen, ein Präsent aus Mamas Schönheitssalon. Sie zeigte mir die neue Errungenschaft. An der winzigen Kette des Schlüsselringes baumelte ein klitzekleines Opernglas, genau die richtige Größe für einen großgewachsenen Floh, der seine Angebetete in der gegenüberliegenden Opernloge betrachten will.

»Ist dir das wirklich noch nicht aufgefallen?« fragte die beste Ehefrau von allen. »Diese Schlüsselanhänger haben sich in der gesamten Geschäftswelt durchgesetzt.«

Sie war der Ansicht, daß es irgendwie mit dem Aufschwung der Konsumwirtschaft zusammenhängen mußte, wenn sie auch nicht sicher war, ob man damit das Außenhandelsdefizit reduzieren oder schlicht die Kauffreudigkeit anregen wollte. Die Allerbeste traf in beiden Fällen den Nagel auf den Kopf. Der Laden an der Ecke zum Beispiel startete letzthin eine Werbekampagne mit der Miniaturausgabe eines Plattenspielers an einem versilberten Schlüsselring. Am Plattenspieler war sogar die mikroskopische Andeutung einer Kurbel angebracht. Mit etwas Geschick konnte man die Andeutung drehen, worauf sich – allerdings nur bei absoluter Windstille – ein zartes »grrr« vernehmen ließ.

Unser Metzger hingegen verschenkt nichts an seine Kunden, und die beste Ehefrau von allen erwägt ernstlich, in Zukunft bei seinem Konkurrenten einzukaufen, der seinen Umsatz mit einem Minisuppenknochen an einem hakenartigen Schlüsselring fördert.

Ebenso bemerkenswert ist der Fall jenes Staatssekretärs im Bauministerium, dessen Name neulich die Schlagzeilen füllte. Nach diesen Meldungen habe dieser Staatsdiener von einem befreundeten Bauunternehmer ein geistreiches Geschenk in Form eines antiken Schlüsselrings erhalten, an welchem fünftausend Dollar in bar befestigt waren.

Ich meinerseits, schließe mich dem Schlüsselanhängerboom an.

Ab heute bekommt jeder, der drei Exemplare dieses Buches erwirbt, einen echten Schlüsselring, an dem ein echter Schlüsselring angebracht ist.

Autostop

Der älteste aller menschlichen Kriegszustände ist der Klassenkampf. Sklaven wollen sich von ihren Herren befreien und die Herren sich von ihren Frauen. Monarchen bekämpfen die Kirche, Mieter die Untermieter, das Naphtalin die Motten. Aber keiner dieser Lebenskämpfe wurde mit so viel Vehemenz ausgefochten wie der zwischen dem Autostopper und seinem Erzfeind hinter dem Lenkrad.

Früher einmal gehörte ich selbst zur ersten Gruppe und ich entsinne mich noch der vielen leeren Konservenbüchsen und Steine, die ich den Autofahrern nachwarf, die mich nicht mitnehmen wollten. Angeblich aus Angst, ich würde die Polstersitze verdrecken, ihre Aufmerksamkeit vom Steuer ablenken oder aus ähnlichen, stichhaltigen Gründen, die nichts anderes sind als lächerliche Ausreden.

Inzwischen sind etliche Jahre vergangen. Ich habe mich ins Feindeslager geschlagen und werde seither von fürchterlichen Gewissensbissen geplagt. Wann immer ich eine dieser trostlosen Figuren am

Straßenrand sehe, die verzweifelt mit dem Daumen winken, erinnere ich mich meiner eigenen Jugend, und mein Herz fließt vor brüderlichem Mitgefühl über.

Manchmal weine ich sogar.

Dies allerdings ändert nichts an der Tatsache, daß mir Autostopper gegen den Strich gehen, weil sie

a) die Polstersitze verdrecken,

b) meine Aufmerksamkeit vom Steuer ablenken und

c) aus ähnlichen, stichhaltigen Gründen.

Das löst natürlich einen tiefen Zwiespalt in meinem Inneren aus. Es kostet mich wirklich enorme Überwindung, an den armen Daumendrehern vorbeizuflitzen. Deshalb habe ich mich mit der Zeit zu einer höchst humanen Lösung durchgerungen: Ich halte an, öffne das Fenster und lasse den Autostopper in knappen aber freundlichen Worten wissen, daß ich leider nur bis zur nächsten Ecke fahre. Ich wünsche ihm alles denkbare Glück für seine Reise, ich verabschiede mich aufs herzlichste – und erst dann bringe ich es über mich, guten Mutes nach Jerusalem zu fahren.

Es ist eine Art Zwangshandlung, die mir erstaunlicherweise eine tiefe innere Befriedigung verschafft. Warum, verstehe ich eigentlich selber nicht. Denn im Grunde kommt es mir ziemlich schäbig vor, diese hoffnungslosen Sozialfälle derart kaltblütig anzulügen. Ich nenne mich manch-

mal unter zwei Augen sogar einen widerwärtigen, verräterischen, niederträchtigen Schuft...
Aber, damit hat es sich auch schon.
Was mir diesen Konflikt – den Autostopper nicht persönlich zu verletzen, ihn aber unter keinen Umständen mitzunehmen – besonders erschwert, sind die vielen jungen Leute, die hartnäckig die Küstenstraße säumen.
Sie führen einen richtigen psychologischen Krieg, diese Rotznasen. Sie schwärmen um die Mittagszeit von der Schule aus, verteilen sich längs der Straße und heben verzweifelt ihre zarten Daumen. Manche schwenken sogar kleine Tafeln mit dem Bestimmungsort wie »Herzliah!«, »Zahala!«, »Ramat Aviv!« Jeden Tag, wenn ich an ihnen vorbeifahre, mache ich mir die größten Vorwürfe. Aber schließlich kann ich nicht bei jedem dieser Lümmel stehenbleiben und mich entschuldigen, oder?
Daher habe ich vorige Woche auf meiner Windschutzscheibe eine Gegentafel angebracht: »Tut mir leid, biege nach zwei Häuserblocks ab.«
Natürlich biege ich nicht ab. Ich versuche nur, wie oben erwähnt, mir die Autostopper auf menschlich-kultivierte Weise vom Leib zu halten.
Vor einiger Zeit fuhr ich wieder an einem Schülerschwarm vorbei. Da sprang mir plötzlich einer entgegen und fuchtelte mit einer Tafel vor

meinem Scheibenwischer herum. Darauf stand kurz und bündig:
»Lügner!«
Das war natürlich ein Tiefschlag. Aber ich bin ja keiner von der Sorte, die so leicht kapituliert. Auge um Auge. Am folgenden Tag schlug ich zurück. In großen Buchstaben schrieb ich auf meine Tafel:
»Dichter im Dienst!«
Zur Sicherheit fahre ich jedoch seither einen anderen Weg. Ich kann Kinder nicht leiden sehen.

Antiquitäten

Wie jedermann weiß, sind wir das Volk der Bibel. Kein Wunder also, daß Seligs Reise nach Sodom in unserer Nachbarschaft große Begeisterung ausgelöst hat.
Mein Nachbar Felix Selig hatte seine ganze Familie mitgenommen, und kam tief ergriffen von Sodoms historischer Größe zurück. Ja, mehr noch, einen Teil dieser historischen Bedeutung brachte er in einem Plastiksack nach Hause. Es waren dies einige Steine aus den Bergen von Sodom. Am Tag nach seiner Rückkehr lud Felix die gesamte Nachbarschaft zu einer improvisierten Vernissage ein.
»Hier seht ihr ein Stück antiken Schwefel«, erklärte er, während er einen schwarzen Stein in die Höhe hielt. »Ein biblischer Markstein, wenn ich mal so sagen darf. Und das hier ist der Splitter eines versteinerten Minerals aus dem Toten Meer. Hier habe ich einen vorzeitlichen Mangankristall, da einen Silikonquarz und ein Gestein von Pottaschekarbonat. All diese Herrlichkeiten sind Zeugen unserer gewaltigen biblischen Vergangenheit.«

Wir starrten wie gebannt auf die wundersamen Steine und berührten sie mit ehrfürchtigen Fingern. In meinem tiefsten Inneren fühlte ich den stillen Drang, meinen Nachbarn Felix Selig um die Ecke zu bringen und mir seine Schätze anzueignen. Auch in den glühenden Augen der übrigen Nachbarn vermeinte ich das gleiche, neidische Glitzern zu sehen. Seligs Steine waren nicht nur heilig, nein, sie waren überdies auch noch atemberaubend schön ...

Nicht schwer zu erraten, was sich danach in unserer Straße abgespielt hat. Ganze Menschentrauben pilgerten nach Sodom und schleppten Unmengen geschichtsträchtiger Steine und biblischer Mineralien nach Hause. Sodom war endgültig ›in‹. Der Apotheker von gegenüber wollte sie alle übertreffen und schwor bei seinem Seelenheil von einem riesigen, weißen Brocken, daß er ein Teil von Lots versteinertem Weibe wäre. Er forderte uns auf, den Salzgehalt des Steines zu überprüfen und erlaubte uns eine kurze Leckprobe. Tatsächlich, wir mußten zugeben, daß der Stein deutlich nach Salzhering schmeckte.

Ich wollte in dem allgemeinen heiligen Eifer natürlich nicht zurückstehen. Um die Achtung meiner Nachbarn nicht zu verlieren, schlich ich in der folgenden Nacht zur nächsten aufgerissenen Straßenkreuzung, füllte dort einen Sack mit Kies voll und dekorierte damit unsere Terrasse.

Die Kieselsteine glitzerten in der aufgehenden Morgensonne wie König Salomons Gallensteine.
»Meine sehr verehrten Damen und Herren«, eröffnete ich mit bewegter Stimme die Kunstausstellung. »Verneigen Sie sich in tiefster Ehrfurcht. Diese kostbaren Steine sind aus Gomorrha.«
Begeisterte Zustimmung schlug mir entgegen, und ich war überzeugt, daß niemand es schaffen würde, mich zu übertrumpfen.
Es sei denn, Felix holt einen Ziegelstein des Turmes zu Babel von der nächsten Baustelle.

Disziplin

In jenem tapferen, kleinen Land des Nahen Ostens, in dem die folgende Geschichte spielt, stellten die zuständigen Experten eines Tages fest, daß die Wasservorräte langsam, aber sicher zur Neige gingen. Man konnte mit einiger Bestimmtheit voraussagen, daß sie höchstens noch zwei Jahre lang reichen würden. Der für das Wasser zuständige Oberkommissär berief daher eine Pressekonferenz ein und mahnte die Journalisten bei Kaffee und Kuchen:

»Meine Herren, die Wassersituation spitzt sich bedrohlich zu. Das Schicksal des Landes liegt in Ihren Händen.«

Die Presse reagierte großzügig. Fast sämtliche Zeitungen brachten auf der letzten Seite, direkt unter den Nachtdienst leistenden Apotheken, folgenden Satz: »Unserem Land droht ein katastrophales Ende, wenn wir mit dem Wasser nicht sparsamer umgehen.«

Einige eifrige Leser entdeckten diese Notiz. Aber sie unternahmen nichts. Schließlich, wofür sollte es gut sein, selber Wasser zu sparen, wenn alle

anderen es verschwendeten. Es gab zwar zwei Junggesellen, die einen Klempner anriefen, um tropfende Wasserhähne reparieren zu lassen, aber die Leitung war leider besetzt.
Im Jahr darauf wurde die Gefahr akut.
Das Wasserkommissariat stellte unwiderruflich fest, daß die Vorräte im Höchstfalle noch zehn Monate reichen würden und verlangte sofortige Maßnahmen seitens der Regierung. Diese aber war ziemlich machtlos, denn alle Ermahnungen, Wasser zu sparen, wurden von der Bevölkerung schlichtweg ignoriert. Also beschlossen die zuständigen Regierungsstellen, die eigenen Warnungen ebenfalls zu ignorieren. Dies um so mehr, als sich das alles in einem Wahljahr abspielte und die Regierung wußte: in solchen Zeiten ist es ratsamer, von radikalen Steuersenkungen als von Wassersparmaßnahmen zu reden.
Dann war aber auch die Wahl vorbei, und eine landesweite Aufklärungskampagne wurde gestartet. Von allen Plakatwänden verkündeten Aufrufe, daß nur noch rigorose Wassersparmaßnahmen das Land vor dem unvermeidlichen Austrocknen bewahren könnten.
Es nützte so gut wie nichts. Die Bürger sagten: »Wir müssen uns waschen, oder? Wir müssen auch kochen und unsere Blumen gießen, nicht wahr? Unser Aquarium füllen, stimmt's?«
So wurde auf keinen einzigen Topfen verzichtet.

Schlimmer noch, man trank nach jeder Kaffeepause auch noch einen Tee.
Zu Beginn des neuen Jahres reichten die Wasserreserven nur noch für einen Monat. Die Regierung bestellte im Ausland eine beträchtliche Anzahl neuer Wasserstandsmesser, und der Regierungschef rief persönlich über das Fernsehen auf: »Wenn wir unseren Wasserverbrauch nicht sofort und bedingungslos einschränken, werden wir alle verdursten!«
Die Bevölkerung aber war wegen des letzten Fußball-Ligaspiels in heiße Debatten verstrickt und brauchte eine Menge kalter Duschen, um sich abzukühlen. Auch die Fische gediehen weiter in ihren Aquarien. In der Stadtmitte barst die Hauptwasserleitung und 800 Millionen Kubikmeter des kostbaren Nasses versickerten im Kanal...
Als sich herausstellte, daß das Wasser nur mehr bis Donnerstag nachmittag reichen würde, ging die Regierung zu drastischen Maßnahmen über: sie erhöhte die Wassergebühren um 17,5 Prozent pro Kubikmeter. Aber die Öffentlichkeit war derartiges längst gewöhnt und zahlte ohne zu murren. Am Donnerstag nachmittag war dann das Wasser endgültig dahin, und wir alle verdursteten.
So ein Pech.

Kinnematographie

In diesen unsicheren Zeiten, wo Aktien steigen und fallen, Finanzminister kommen und gehen, ist Video so ziemlich das Einzige, worauf wir uns bedingungslos verlassen können.
Schließlich ist es zum ersten Mal in der Kulturgeschichte der Menschheit möglich geworden, daß sich ein Mann im Schoß seiner kleinen Familie ganz legal einen Pornofilm anschauen kann. Kein Wunder, daß sie sich wie die Karnickel vermehren. Die Sexfilme, nicht die Familien.
Die Sache funktioniert folgendermaßen: man kauft sich im Ausland einige Filmkassetten, liest sorgfältig den Vermerk, der das Kopieren der Videokassetten für illegal und strafbar erklärt, kopiert die Kassette und vermietet sie gegen Kaution, nicht ohne vorher auf der Hülle sorgfältig zu vermerken, daß es illegal ist, diese Kassette zu kopieren...
Und so gingen sie hin und vermehrten sich, bis sie über die ganze Erde verteilt waren. Die Kassetten ebenso wie die Video-Piraten.
Mein Nachbar Felix Selig hat bis zum heutigen

Tag 183 sorgfältig ausgewählte Mietkassetten im Untergrund kopiert.

»Um Gottes willen, Felix«, sagte ich, »du wirst doch, so lange du lebst, keine Zeit haben, all diese Filme anzusehen.«

»Natürlich nicht«, gab Felix zu, »die meisten dieser Filme interessieren mich ja auch gar nicht. Aber ich habe nun mal eine Schwäche fürs Kopieren.«

Vermutlich, weil es illegal ist. Und so einfach. Man muß nur zwei Videogeräte miteinander verbinden, und schon bewältigen sie die ganze Kopierarbeit von selbst, während man ein Nickerchen machen oder ins Kino gehen kann.

Es sei denn, es ergibt sich eine besondere Gelegenheit. Vorigen Freitag zum Beispiel läutete plötzlich mein Telefon:

»Hör zu«, sagte Felix in spürbarer Erregung, »ich habe mir ein Original von der ›Katze auf dem heißen Blechdach‹ ausgeborgt und lade für morgen abend einige Leute ein, die sich den Film ansehen können, während ich ihn kopiere. Willst du auch kommen?«

Und ob ich wollte! Die bloße Erwähnung der »Katze«, dieses epochalen Stückes von Tennessee Williams mit Paul Newman in der Hauptrolle und der göttlichen Elizabeth Taylor auf dem heißen Blechdach, ließ mir einen gewaltigen, nostalgischen Schauer über den Rücken laufen. Ich muß etwa sieben Jahre alt gewesen sein, als ich den

Film zum ersten Mal sah, und damals weinte ich wie ein Kind.
Am Samstag abend waren wir vollzählig versammelt. Das Wohnzimmer der Seligs platzte aus den Nähten. Da waren zwei Videogeräte, die halbe Nachbarschaft und eine knisternde Spannung. Felix schaltete den Apparat ein, und schon erschien Big Daddy und belehrte Paul Newman über irgendein Notstandsgesetz. Dann tauchte die göttliche Liz auf und verschlug uns den Atem.
»Wie alt kann sie jetzt wohl sein«, flüsterte eine Stimme aus dem Dunkel.
»Jenseits der fünfzig«, belehrte ein Kenner. »Mit irgendeinem blöden Senator verheiratet.«
»Nein, der war einmal. Jetzt zieht sie mit einem jungen mexikanischen Rechtsanwalt herum. Wahrscheinlich wird der arme Teufel ihr achter Mann.«
»Nein, ihr siebenter.«
Die vorderste Reihe zog eine schnelle Bilanz: da waren zunächst einmal Hilton Junior, dann Henry Ford III., Chevrolet Senior, Mike Todd der Filmproduzent, der Sänger Eddie Fisher, Richard Burton, Frank Sinatra, der blöde Senator, nochmals Burton und jetzt der arme Mexikaner. Insgesamt also zehn. Obwohl die Sache mit Sinatra zweifelhaft war und die zweite Ehe mit Richard Burton eigentlich nicht gezählt werden durfte.

»Also gut«, gab sich die Opposition geschlagen. »Sind es also acht. Wen interessiert denn das überhaupt?«

Genau in dem Moment war die Eherekordbrecherin auf dem Bildschirm zu sehen, wie sie Paul Newman mit geballter Sinnlichkeit anfiel, während sich seine Potenz in die Defensive begab. Natürlich nur im Film.

»Ist euch das aufgefallen?« fragte Felix aus dem Hintergrund. »Diese Taylor wird niemals im Profil aufgenommen. Und zwar wegen ihres Doppelkinns.«

»Doppelkinn? Ha! Das ist schon mehr eine Wampe.«

»Erstens heißt es Wamme und außerdem gebraucht man diesen Ausdruck nur bei Rindern«, ertönte die Stimme eines Sprachpuristen.

»Auch bei Hunden.«

»Unsinn. Höchstens bei Vögeln. Mein Papagei Xaviera hat eine kleine Wamme auf der linken Seite.«

»Mein Kakadu heißt Brutus, ist 46 Jahre alt und singt die Tosca im Mezzosopran.«

»Was Sie nicht sagen.«

»Mein Ehrenwort.«

Inzwischen führte auch Liz eine leidenschaftliche Diskussion mit irgendwem. Es stellte sich heraus, daß es sich um ihre Schwägerin handelte, die eine unübersichtliche Kinderschar ihr eigen nannte.

Paul Newman hingegen verbrachte die letzten zehn Minuten damit, sich selbst zu analysieren.
»Wam, wam«, murmelte Felix, während er bei der dürftigen Beleuchtung des Bildschirms ein Lexikon durchblätterte. »Ah, ich hab's! ›Wamme – Hängende Hautfalte zwischen Brust und Bauch etcetera ... etcetera ... vor allem bei Rindern.‹«
»Hab ich's euch nicht gesagt?« ließ der Purist verlauten. »Nur bei Rindern.«
»Entschuldigen Sie! Im Wörterbuch steht ausdrücklich ›*vor allem*‹, nicht ›*nur*‹.«
»Das ist dasselbe.«
Hier verstummte die Diskussion schlagartig, denn am Bildschirm erschien eine Großaufnahme von Liz.
Im Profil.
»Naja«, sagte eine der Damen mit enttäuschter Stimme. »Es ist ein uralter Film, deshalb sieht man ihr Doppelkinn noch nicht so gut.«
»Läppisch«, sagte ihr loyaler Gatte. »Seht ihr nicht, wie sie die ganze Zeit den Kopf krampfhaft hochhält, damit man es nicht sieht?«
Wir richteten unsere Augen konzentriert auf den Bildschirm, um vielleicht doch noch das Taylorsche Doppelkinn zu entdecken.
»In Boston gibt es einen kosmetischen Chirurgen«, verkündete Erna Selig mit sinnlichem Unterton, »wo sie einem ein ganz neues Kinn anfertigen können. Es kostet allerdings ein Vermögen.«

»Ausgeschlossen«, sagte jemand aus der mittleren Reihe. »Mit einem Kinn kann man das nicht machen. Das weiß ich aus erster Hand.«

»Ach ja? Wieso hat dann Ava Gardner ein glattes Kinn bekommen?«

»Wann?«

Trotz der Dunkelheit war förmlich zu spüren, wie jeder der Anwesenden an seinem Kinn herumfummelte.

»Zum Teufel noch mal«, brach ich endlich das Schweigen. »Ihr habt die ganze vergangene Stunde nichts anderes getan, als über Liz Taylors Doppelkinn zu quatschen. Ich möchte hiermit in aller Offenheit klarstellen, daß mich ihr Kinn nicht halb so sehr beunruhigt wie ihre dicken Beine.«

»Das hat etwas für sich«, wandte sich die Puristengattin an mich. »Aber ihre Beine kann sie in Hosen verbergen. Ihr Kinn jedoch bleibt allen Blicken zugänglich.«

»Nur im Profil.«

»Trotzdem!«

Irgend jemandem fiel ein, daß Debbie Reynolds, die vor Liz mit Eddie Fisher verbandelt war, auch nicht so großartige Beine hätte, aber jetzt trotzdem mit einem steinreichen Schuherzeuger mit auffallend jüdischer Nase zusammenlebt.

Am Bildschirm war inzwischen eine imposante Vatergestalt erschienen, die uns aufrief, sich im

Geiste der Demokratie und der nationalen Einheit in Reih' und Glied hinter die Regierung zu stellen.
»Premier Shamir sollte sich endlich den Schnurrbart abrasieren«, bemerkte irgend jemand. Jetzt hatte auch der Schläfrigste unter uns mitbekommen, daß die Katze das heiße Blechdach inzwischen verlassen und das Videogerät automatisch auf die Abendnachrichten umgeschaltet hatte. Felix steckte die Original-Katze wieder in die Hülle zurück und schrieb auf seine jungfräuliche Untergrund-Kopie: »Doppelkinn by Tennessee Williams.«
Dann standen wir alle auf, um zu gehen.
»Ach ja, diese prächtigen, alten Filme«, seufzten wir, während wir uns verabschiedeten. »So etwas wird nie wieder gedreht werden.«
Daheim angekommen betrachtete ich mein Spiegelbild von der Seite. Ich faßte den Entschluß, meinen Kalorienverbrauch einzuschränken, denn mir war während dem unvergeßlichen kinnematographischen Abend eine illegale Wamme gewachsen.
Zwar nur im Profil, aber trotzdem.

Fitneß

Während die meisten Nationen die Regierung haben, die sie verdienen, wird ihr Nationalsport durch ihren Charakter geprägt. Das wilde Temperament der Spanier zum Beispiel brachte den Stierkampf hervor, während die gepflegten Rasen Englands nach Golf schreien. Unser Nationalsport, der alljährliche Vier-Tage-Marsch, ist vermutlich in seinem Ursprung durch unseren bürokratischen Dauerlauf entstanden.
Wir haben darin eine wahre Meisterschaft erlangt, denn die diesbezüglichen Erfahrungen reichen Generationen zurück. Unsere Existenz als Nation begann mit einem Vierzig-Jahre-Marsch durch die Wüste und irgendwie gelang es uns seither immer, in Bewegung zu bleiben. Außerdem ist es heutzutage ›in‹, zu gehen, zu laufen, zu marschieren, zu joggen. Wie immer man es auch nennt, jeder tut es.
Nur ich nicht.
Natürlich schäme ich mich. Eigentlich bin ich von Haus aus ein Konformist und ich fühle mich als Außenseiter, wenn ich daheim sitze, während alle

anderen nach Jerusalem marschieren. Das ganze Land ist vom Vier-Tage-Marsch-Fieber gepackt. Die Leitartikel der Zeitungen lobpreisen das Unternehmen, der Rundfunk sendet Marschmusik, der Unterrichtsminister gibt seinen Segen, und die Orthopäden jauchzen vor Freude. Alle strotzen nur so vor Enthusiasmus.
Nur ich nicht.
Wenn meine sportlichen Freunde von ihren Vorbereitungen für den Vier-Tage-Marsch erzählen, senke ich meinen Blick und murmle irgendetwas von unaufschiebbaren Verpflichtungen und Plattfüßen. Die letzten Tage vor dem großen Ereignis verbringe ich prinzipiell in den eigenen vier Wänden, denn ich fürchte mich vor der Verachtung meiner Bekannten. Erst nach dem Marsch traue ich mich wieder aus dem Haus. Vor allem, weil ich sicher sein kann, in den nächsten zwei Wochen keinem Marschanhänger aus meinem Bekanntenkreis zu begegnen. Sie sitzen nämlich alle daheim, kurieren die Blasen an ihren geschwollenen Füßen und schwören, mindestens ein Jahr lang keinen Schritt mehr zu tun.
Nur ich nicht.
Ich brauche nämlich keinen Vier-Tage-Marsch. Ich befinde mich das ganze Jahr in Bewegung.
Eigentlich bin ich von Natur aus kein ausgesprochener Bewegungsfetischist. Es gab einmal eine Zeit, da ging ich überhaupt nicht zu Fuß, sondern

nahm den Autobus oder ein Taxi. Hie und da machte ich sogar Autostop. Offen gesagt, war ich damals eher pummelig, und lief Gefahr, das Gehen zu verlernen.
Aber seit ich Besitzer eines eigenen Wagens bin, bewältige ich täglich ungeheure Entfernungen zu Fuß. Meine Beine sind muskulös und stark geworden und ich habe mich nie besser gefühlt.
Das ist ganz einfach zu erklären: auf unserem Planeten gibt es keine Parkplätze mehr. Vor allem in Tel Aviv nicht. Hat man zum Beispiel im Stadtzentrum zu tun, muß man irgendwo an der Meeresküste parken. Um zur Hauptstraße zu gelangen, empfiehlt es sich, den Wagen an der Peripherie stehen zu lassen. Wenn ich ein Treffen im Geschäftsviertel von Tel Aviv habe, marschiere ich sechs Kilometer hin und sechs Kilometer wieder zurück.
Macht zwölf.
Wohlgemerkt, ich beschwere mich nicht. Schließlich ist das ein gesundes Training, von Ärzten warm empfohlen. Auch die beste Ehefrau von allen ist dafür. Wenn ich in der Stadt etwas zu erledigen habe, sagt sie oft zu mir:
»Nimm den Wagen. Der kleine Spaziergang wird dir guttun.«
Verschonen Sie mich also mit dem Vier-Tage-Marsch. Wir Autobesitzer und Briefträger haben so etwas nicht nötig. Wir sind längst olympiareif.

Petzer

Vor kurzem besuchte mich ein Unbekannter. Er stellte sich vor, bat mich jedoch inständig, seine Anonymität zu wahren.

»Ich bin am Ende meiner Weisheit«, sagte Amnon Zuckermann. »Als Regierungsbeamter verdiene ich 43650 Shekel im Monat einschließlich Inflationszuschlag und Hitzezulage. Mein Freund Imanuel Opatouski arbeitet im selben Ministerium, in der Inspektions- und Rechnungsabteilung. Er verdient genau so viel wie ich, und doch schaffte er sich von diesem Gehalt ein neues Video-Gerät an, drei Farbfernseher, einen Heimcomputer für sich und zwei für die Zwillinge, einen Helikopter, drei Häuser, zwei Grundstücke, ein Bergwerk, einige Rennpferde, eine Waffenfabrik, ein Stück Urwald und die gesammelten Werke von Agatha Christie. Ganz zu schweigen von dem Marmormausoleum, das er vor seiner Villa bauen läßt. Jetzt frage ich Sie, kann ein Mensch all das mit einem Beamtengehalt erstehen?«

»Ich würde das verneinen«, antwortete ich, »es sei denn, er macht Überstunden.«

»Macht er nicht. Er betreibt irgendwelche dunklen Geschäfte. Jeder weiß das. Vor einiger Zeit ließ dieser Opatouski vor dem Haupteingang seinen Aktenkoffer fallen, und was glauben Sie, purzelte heraus? Etwa zwanzig Millionen Shekel in kleinen Noten. Geschmacklos, nicht wahr? Während ich meine Familie notdürftig mit 43650 Shekel ernähre, schleppt dieser Opatouski das Geld kofferweise nach Hause.«

»Warum melden Sie das nicht Ihrem Vorgesetzten?«

»Das ist ja eben das Problem. Natürlich wäre ich froh, wenn unsere Vorgesetzten über Opatouski Bescheid wüßten. Andererseits wäre es mir peinlich, wenn sich herumspricht, daß ich ihn verraten habe. Schließlich ist er mein bester Freund. Sie wissen doch, wie die Leute tratschen. Man kann also verstehen, daß ich keine andere Wahl hatte, als unserem Abteilungsleiter einen anonymen Brief zu schreiben. Und was glauben Sie, was dann geschah? Der Abteilungsleiter beauftragte mich, den Schreiber des Briefes zu ermitteln. Ich begann mit einer sorgfältigen Untersuchung, aber alle Indizien wiesen auf mich. Also blieb mir nichts anderes übrig, als die ganze Sache unter den Teppich zu kehren.«

»Und damit haben Sie den Skandal auf sich beruhen lassen?«

»Aber wo. Ich ging zur Polizei und spuckte aus,

was ich wußte. Es wurde protokolliert und dann sollte ich das Protokoll unterschreiben. Als ich den Polizisten erklärte, das ginge nicht, da Opatouski mein bester Freund sei, sagten sie, so etwas nenne man Verleumdung und ich würde noch von ihnen hören.«

»Warum haben Sie sich nicht an das staatliche Kontrollamt gewandt?«

»Habe ich doch. Ich habe unzählige Male angerufen und gebeten, man möge mich anonym empfangen. Ich wurde nicht empfangen. Dafür veröffentlichte der Leiter des staatlichen Kontrollamtes seinen inzwischen stadtbekannten Report: ›Verleumdung: tödliche Epidemie im System der Staatsverwaltung‹.«

»Wie peinlich.«

»Ich gab trotzdem nicht auf. Ich schrieb einen Brief an den Minister persönlich. Ich fragte ihn, wie man die üblen Machenschaften seines besten Freundes aufdecken kann, ohne daß irgend jemand – Gott behüte – erfährt, wer dahinter steckt. Der Minister leitete den Brief weiter an die Inspektions- und Rechnungsabteilung. Darauf bat mich der Leiter dieser Abteilung, Imanuel Opatouski, in sein Büro und erklärte mir, in einem solchen Fall zähle persönliche Freundschaft nichts, und ich sei moralisch verpflichtet, mit meiner Anklage an die Öffentlichkeit zu gehen. Er selbst stünde mir voll und ganz zur Verfügung. Ich könne seiner persönlichen Unterstützung und seiner absoluten Verschwiegenheit sicher sein.«

»Was tun Sie jetzt?«

»Was ich tue? Ich nage immer noch am Hungertuch, während sich mein Freund Opatouski in Reichtümern wälzt.«

»Warum«, fragte ich, »arbeiten Sie eigentlich nicht mit Opatouski zusammen?«

»Daran habe ich auch schon gedacht«, erwiderte Amnon Zuckermann, »aber ich fürchte die alte Regel: Zusammenarbeit im selben Büro zerstört auch die schönste Freundschaft.«

Veteranen

Eigentlich wollte ich schon vor 35 Jahren, als ich blutjung ins heilige Land einwanderte, von seinen tollkühnen Haudegen erzählen. Ich spreche natürlich von den sonnengebräunten, verrunzelten Veteranen, die schon mit Ben Gurion ins Land kamen, damals, als der Shekel noch Pfund war und der Piaster noch Piaster.

Normalerweise beginnt ein Gespräch mit einem dieser Veteranen damit, daß er eine honorige sozial-konservative Zeitung liest, während unsereiner, klein und bescheiden, neben ihm auf einer Parkbank Platz nimmt. Natürlich blickt so ein Veteran nicht einen Augenblick von seiner Zeitung auf, aber sein angeborener Instinkt sagt ihm, daß sich ein Opfer in greifbarer Reichweite befindet.

Nach einigen Minuten wird er sich also an mich wenden und ganz beiläufig fragen:

»Junger Mann, haben Sie das neue Stück im Nationaltheater gesehen?«

Darauf sagt man ja, oder nein, je nachdem. Aber das spielt keine Rolle. Der nächste Satz unseres

Veteranen wird auf jeden Fall lauten: »Ich kann mich noch erinnern, als die russischen Schauspieler zum ersten Mal in unser Land kamen.«
Natürlich ist dies das Stichwort für die Frage: »Darf ich wissen, wann Sie selbst ins Land gekommen sind?«
»Heho!« ein stolzes Grinsen verklärt die gebräunten Runzeln. »Schätzen Sie mal!«
Man schätzt sechzig Jahre, aber aus purer Höflichkeit sagt man dreißig.
»Mehr!« strahlt er. »Viel mehr.«
»Dreiundvierzig?«
»Siebenundvierzigeinhalb, junger Mann!«
Daraufhin fällt man in Ohnmacht und wird erst vom Fächeln der sozialkonservativen Zeitung wieder zum Bewußtsein gebracht. Man flüstert ehrerbietig: »Siebenundvierzigeinhalb Jahre! Unglaublich! Ihre Eltern müssen vom wahren Pioniergeist beseelt gewesen sein, daß sie mit einem so kleinen Kind die Reise ins heilige Land wagten.«
Die Augen des Veteranen verraten eine Kränkung dritten Grades, weil nicht seine, sondern die Leistung seiner Eltern gewürdigt wird. Er geht mit gerunzelter Stirn darüber hinweg und verkündet: »Im Jahr 1921 kostete ein Theaterabonnement nur einen Piaster.«
»Bist du verrückt geworden, Avrasha?« mischt sich hier ein Veteranenkollege ins Gespräch. »Für zehn Piaster konnte man in der Altstadt von Jeru-

salem ein Haus mit Garten kaufen. Ich erinnere mich, daß man mir damals eine funkelnagelneue Lokomotive mit zwei Waggons für drei Shilling angeboten hat. Wissen Sie eigentlich, junger Mann, was zu der Zeit ein Shilling wert war?«
»Ein Shilling: fünf Piaster.«
»Haha«, die beiden lachen herablassend. »Sie haben keine Ahnung! Wir wissen noch genau, daß sich der Oberingenieur des Elektrizitätswerkes erhängte, weil er zwanzig Piaster, das ganze Grundkapital der Gesellschaft, im Poker verspielt hatte. In den guten alten Zeiten bekam man eine junge Kuh für zwei Piaster. Für vier Piaster konnte man von Kairo nach Petersburg fahren, und zwei Paar Hosen kosteten einen halben Piaster. Mit anderen Worten, es war schier unmöglich, eine einzelne Hose zu kaufen. Ja, das waren noch Zeiten«, seufzen die beiden. »Damals wußte man noch, wofür man arbeitete.«
»Und«, erkundigt man sich daraufhin, »und wie hoch war damals der Monatslohn?«
»Eineinhalb Piaster.«
»Wo ist denn dann der Unterschied?«
»Der Unterschied?« die beiden schmunzeln verklärten Blickes. »Wir waren fünfzig Jahre jünger, mein Lieber, fünfzig volle Jahre.«

Qualitätsprodukt

Vorigen Dienstag erkrankte unser Bügeleisen und verschied kurz danach. Da sämtliche Haushaltsutensilien, die auch nur im entferntesten mit Elektrizität zu tun haben, meinem Ressort unterstehen, machte ich mich auf den Weg zu unserem Elektrogeschäft.
Der Besitzer bediente mich persönlich. Er schleppte eine Anzahl von Bügeleisen in den verschiedensten Farbschattierungen herbei. Gleichzeitig versicherte er mir mit patriotischem Stolz, er führe nur einheimische Ware, denn diese sei robuster in der Ausführung und daher weit zuverlässiger als der ganze importierte Schrott. Ich wählte ein zinnoberrotes Modell und fragte, ob ich es ausprobieren könne. Der Fachmann meinte, daß dies eigentlich nicht nötig sei, da das Bügeleisen bereits im Werk geprüft wurde. Aber wenn mir so viel daran läge, hätte er nichts gegen eine kurze Vorführung. Er tat den Stecker in die Dose und sagte: »Nun, was habe ich Ihnen gesagt? Ich würde niemals etwas verkaufen, das nicht hundertprozentig...«

In diesem Augenblick gab das rote Ding ein seltsames Geräusch von sich, das an das Knurren eines jungen Hundes erinnerte. Gleich darauf entwich ihm eine Rauchwolke und das Bügeleisen begann zu donnern und zu blitzen. Mein Patriot warf die stinkende Leiche hinter die Ladentheke:

»Jetzt bin ich schon dreißig Jahre lang in diesem Gewerbe, aber so etwas ist mir noch nie passiert«, entschuldigte er sich und steckte ein grünes Bügeleisen an. »Dieses ist sicherlich in Ordnung.«

Wir warteten fünfundzwanzig Minuten lang und tatsächlich, es rauchte nicht und stank nicht. Kein Blitz, kein Donner. Es wurde auch nicht heiß. Nicht einmal lauwarm. Es blieb eiskalt und teilnahmslos, sozusagen mausetot. Der Elektrofachmann schenkte mir einen vorwurfsvollen Blick, warf das grüne Eisen dem roten nach und versuchte sich an einem rosafarbenen.

»Ich muß schon sagen, Sie sind ein wenig wählerisch, mein Herr«, bemerkte er bitter. »Aber dieses hier wird zweifellos ...«

Das Rosafarbene begann wie eine Zeitbombe zu ticken. Wir warfen uns blitzschnell auf den Boden, steckten die Finger in die Ohren und waren auf das Schlimmste gefaßt. Nach einer knappen Minute ertönte ein lauter Knall, und das einheimische Qualitätsprodukt gab seinen Geist auf.

Ein viertes Exemplar war an der Reihe, blütenweiß und jungfräulich. Es stank und keuchte.

Dann griff der Fachmann nach einem himmelblauen Bügeleisen und stellte es vor mich hin, ohne es anzustecken.

»Dieses hier ist ganz sicher in Ordnung«, zischte er mich an. »Es besitzt eine gültige Fabriksgarantie. Nehmen Sie es oder nicht?«

Ich murmelte irgendetwas von einem Versuch. Da brüllte mich der Fachmann an:

»Das hier ist ein Elektrogeschäft, mein Herr, und keine öffentliche Versuchsanstalt! Wenn Sie nicht die Absicht haben, etwas zu kaufen, warum vergeuden Sie dann meine Zeit?«

Er warf mich kurzerhand hinaus. Draußen hörte ich, wie er mir nachrief:

»Kommen Sie mir bloß nicht wieder! Von Ihnen lasse ich mich nicht mehr schikanieren!«

Nikotin

Ich rauche nicht und habe niemals geraucht. Keine Zigarette, keine Zigarre, keine Pfeife, ja, ich muß es gestehen, nicht einmal Gras.
Weiß der Teufel, wieso ich ein leidenschaftlicher Nichtraucher geblieben bin. An sich hätte ich jeden denkbaren Grund, professioneller Kettenraucher zu sein. Ich lebe mindestens so gestreßt wie alle meine übrigen Landsleute, ich pflege Filme ohne Geld zu produzieren, ich muß jede Woche zu einem fixen Termin eine urkomische Geschichte abliefern, und zu alledem habe ich noch lange, nervöse Finger, wie geschaffen für tiefbraune Nikotinflecken.
Aber ich rauche nicht. Ich weiß, daß ich pervers bin. Falls der geneigte Leser Wert darauf legt, bin ich sogar bereit, mich dafür zu entschuldigen.
Einige Male in meinem Leben war ich allerdings nahe daran gewesen. Zum Beispiel damals, als ich in der unbesiegbaren ungarischen Armee meinen fröhlichen Wehrdienst absolvierte. Oder als ich im Kibbuz – wie jedes andere Mitglied auch – meine wöchentliche Zigarettenration aufgedrängt

bekam, streng nach dem hehren Prinzip des Kollektivs: »Jeder nach seinen Bedürfnissen und ohne Widerspruch!« Aber, wie gesagt, im letzten Augenblick kam immer irgend etwas dazwischen. Und so bin ich dem Klub der hustenden Gelbfinger nie beigetreten.

»Warum, in Dreiteufelsnamen«, fluchte ich, »warum nur kann jeder dahergelaufene Mensch wie ein Fabrikschlot vor sich hinrauchen, und nur ich stehe daneben und atme Sauerstoff wie ein Dorftrottel?«

Eines Tages habe ich sogar einen befreundeten Psychoanalytiker gefragt, was mit mir los wäre. Ob ich an einem Trotzkomplex leide oder an etwas Schlimmeren.

»Keine Spur«, sagte mein Psy, »das ist nichts anderes als der unterbewußte Drang aufzufallen. Du willst nicht sein wie alle anderen, damit du dir besser vorkommst.«

»Wie recht du doch hast«, gab ich bekümmert zu, »obwohl mir immer wieder irgendwelche Gerüchte zu Ohren kommen, daß Rauchen ziemlich schädlich sein soll...«

»Snob!«

Mein gelehrter Freund warf mir einen vernichtenden Blick zu, oder zumindest schien es mir so. Ich konnte sein Gesicht durch die dichten Rauchschwaden nur undeutlich wahrnehmen.

In meiner Verzweiflung erstellte ich eine soziologische Untersuchung über das Rauchen als Reflexion gesellschaftlichen Statussymbols. Ich kam zu dem unerwarteten Ergebnis, daß fast alle gefürchteten Theaterkritiker und alle modernen Maler Kettenraucher sind.
Warum?
Keine Ahnung.
Ein weiteres Forschungsergebnis besagte, daß die neue Linke mehr raucht als die neue Rechte. Manchmal frage ich mich, ob man dem guten alten Anarchismus nicht auch ohne Nikotin frönen könnte? Aber es ist eine unausrottbare Tatsache, daß fortschrittliche Argumente Hand in Hand mit einer Rauchwolke dem Munde wirkungsvoller entströmen.
Auch Journalisten werden nur selten ohne Zigarettenstummel im Mundwinkel gesehen. Dasselbe gilt für Franzosen, für arbeitslose Finanzminister und freischaffende Strichmädchen.
Familienstatistiken besagen, daß Mütter mehr rauchen, Väter weniger und die Kinder auf dem Klo.
Die Hälfte der Raucher ziehen den Rauch in die Lungen, die andere Hälfte nicht. Sie inhalieren ihn.
Teenager pflegen in den Sommerferien mit dem Rauchen zu beginnen, damit sie den Anfängerhusten vor Beginn der Schule los sind. Wohingegen

Taxifahrer am liebsten im Winter rauchen, wenn die Wagenfenster dicht verschlossen sind.
Erfolgreiche Autoren arbeiten mit Pfeife. Je angesehener sie sind, desto wortkarger klammern sie sich an ihren Pfeifenstiel.
Schönheitsköniginnen hingegen kauen Gummi. Das hat den Vorteil, daß der üble Mundgeruch ohne schädliches Rauchen entsteht.
Und ich selbst rauche noch immer nicht.
Vielleicht liegt es daran, daß ich so viel Zeitung lese. Wann immer aus Aktualitätsmangel einige Spalten frei bleiben, füllt man sie flugs mit den neuesten Forschungsergebnissen eines obskuren Wissenschaftlers, die dem Nikotinsüchtigen in leuchtendsten Farben sein düsteres Ende ausmalen. Nach dem derzeitigen Stand der Wissenschaft hat ein Raucher zwanzigmal bessere Chancen, Lungenkrebs zu bekommen, als ein schlichter Sünder wie ich. Außerdem ist man als Raucher mindestens zehnmal so empfänglich für Bronchitis, Laryngitis und andere Itisse.

★

Kein Wunder also, daß die Gesundheitsbehörden erwägen, die von den bedeutendsten internationalen Medizinern empfohlenen Abschreckungsmaßnahmen einzuführen.
Der Effekt ist verblüffend. Auf der einen Seite der

farbprächtigen Zigarettenschachtel steht in ameisengroßen Lettern:
»Warnung! Der Bundesgesundheitsminister hält den Genuß von Zigaretten für gesundheitsschädigend.«
Auf der anderen Seite des besagten Päckchens prangt die marktschreierische Aussage: »Die sorgfältige Mischung aus edelsten Tabaksorten vermittelt das unverwechselbare Aroma und den reinen Genuß, den nur unsere seriöse Zigarettenmarke bietet.«
Auf den ersten Blick scheinen die beiden Aussagen einander ein wenig zu widersprechen. Aber man gewöhnt sich rasch an solche Nichtigkeiten. Schließlich sind sie nicht auf derselben Seite der Schachtel gedruckt.
Dann gehen wir ins Kino – wo man nicht rauchen darf – und sehen vor dem Hauptfilm die Werbung. Sie zeigt uns einen braungebrannten amerikanischen Supercowboy. Er zündet erst für sich, dann für sein Pferd je eine Zigarette an, während uns eine sonore Stimme in eine Welt der Freiheit und des Abenteuers einlädt...
Wieder andere Filmstars versichern uns, daß sie bereit wären, meilenweit zu Fuß zu gehen, um dem unverfälschten und erfrischenden Geschmack der neuesten King-Size zu huldigen.
Darunter natürlich: »Der Gesundheitsminister hat einen gewissen Verdacht...«

Unter uns gesagt, wenn die Gesetzgeber wirklich so sehr an unserer Gesundheit interessiert wären, wie sie vorgeben, dann müßten auf den Plakaten hohlwangige, ausgemergelte Wracks mit schwarzen Zähnen und gelben Fingernägeln zu sehen sein. Und daneben, in Cinemascope, Röntgenbilder von Lungenflügeln, die zu lange der Freiheit und dem Abenteuer ausgesetzt waren...
Wann also werden die Menschen aufhören, zu rauchen?
Frühestens, wenn die Tabaksteuer eines Tages aufgehoben wird.
Mit anderen Worten, nie.

Hörspiel

Falls Sie es noch nie versucht haben, liebe Leser, dann werden Sie sich die Schwierigkeiten nicht vorstellen können, die beim Schreiben eines Hörspiels auftauchen.

Wo die Schwierigkeiten liegen?

Ganz einfach: während man auf der Bühne oder im Fernsehen auf den ersten Blick feststellen kann, wo und wie die Handlung abläuft, wer da mitspielt, wie die Leute aussehen und wie alt sie sein sollen, tappt der Hörer bei einer so veralteten Medienart wie dem Hörspiel im Dunkel der Ätherwellen. Wie also kann der Hörer von den äußeren Details in Kenntnis gesetzt werden?

Hier ein Beispiel:

»... und nun senden wir unser Hörspiel ›Endstation Bienenkorb‹« (Musik, lautes Klopfen, noch sind wir in Ungewißheit)

Dröhnende Männerstimme (gehört dem Mann, der klopft): »Mischa, Mischa, darf ich in deine geschmackvoll eingerichtete Dreizimmerwohnung eintreten?«

Leise Männerstimme: »Mischa Armansky würde

nie die Türe vor dem Bruder seines Vaters verschließen, selbst wenn es kurz vor Mitternacht wäre.« (Quietschen einer Türe, die geöffnet wird. Wir hören, daß draußen ein Sturm tobt. Dazu einige Donnerschläge, falls jemand den Sturm überhört haben sollte.)

Dröhnende Männerstimme (schließt die Tür mit obligatem Quietschen): »Schrecklich der Sturm da draußen.« (Diese Zeile hat der Regisseur eingefügt, um auf Nummer Sicher zu gehen.) »Ich bin überzeugt, daß dieser Tag, der 10. November 1934, in die Geschichte der Meteorologie eingehen wird. Fürwahr, ich will nicht Mosche Armansky heißen und Orangenplantagenbewässerer sein, wenn ich in meinen dreiundsechzig Lebensjahren ein solches Wetter erlebt habe.«

Leise Männerstimme: »Auch ich, wenn auch in Tucson, Arizona, geboren, als stämmiger Dreißiger mit meiner sechsjährigen Universitätsausbildung und derzeit Besitzer einer drei Hektar großen Hühnerfarm nahe der syrischen Grenze, wo ich nebenbei Spinat anbaue, kann mich nicht erinnern, je so ein Wetter erlebt zu haben.«

Weibliche Stimme (tritt auf, Türquietschen, Zuschlagen): »Guten Abend, Onkel Moses. Erinnerst du dich nicht an mich? Ich bin Bella, Mischas leichtlebige Gattin, im achten Monat schwanger.«

Dröhnende Männerstimme: »Natürlich erinnere ich mich an dich. Du hast dich überhaupt nicht

verändert. Du bist noch immer die kleine, dicke Bella mit den slawischen Gesichtszügen, den blauen Augen, der kecken Nase und dem langem schwarzen Haar. Du siehst sehr hübsch aus in deinem braunen Pullover und dem buntgemusterten Schottenrock. Ich kann nur hoffen, daß du dir dein musikalisches Talent sowie deine Begabung für Fremdsprachen erhalten hast.«
Leise Männerstimme: »Oja, das ist ihr gelungen, obwohl wir schon acht Jahre verheiratet sind und zwei Knaben und drei Mädchen haben, die alle hier in unserem kleinen Dorf Kiriath Epstein, gegründet 1923, zur Schule gehen.«
Dröhnende Männerstimme: »Übrigens, ich trage eine Brille. Ist jetzt alles klar? Gut, dann können wir mit der Handlung beginnen. Aber rasch, wir haben nur mehr 3 Minuten...«

Trillerpfeife

Der erste wirklich warme Frühlingstag veranlaßte mich, mein Lieblingsschwimmbad aufzusuchen. Mit einem Blick hatte ich die Lage im Griff. Dieselbe zweifelhafte Reinlichkeit, derselbe Mangel an Ruhe, derselbe nervöse Bademeister mit derselben erbarmungslosen Trillerpfeife.
Beim zweiten Hinsehen entdeckte ich jedoch neben dem Eingang ein kleines, seichtes Fußbassin mit einer glänzenden, automatischen Chromstahlbrause. Diese sollte jeden unbescholtenen Badegast zu einer eiskalten Dusche zwingen, ehe er sich dem unbeschwerten Badevergnügen hingab. An der Wand war die höhnische Aufschrift zu lesen:
»Haben Sie schon geduscht?«
Was mich betrifft, so habe ich nicht das Geringste gegen eine eiskalte Dusche am Morgen, vorausgesetzt, das Wasser ist angenehm warm. Daher fühlte ich mich auf unfaire Weise überrumpelt. Der einzige Ausweg, dem kalten Strahl zu entgehen, war, die Wand neben der Wasserfalle zu bezwingen. Das tat ich auch prompt und es gelang mir

fast völlig trocken die ersehnte Badezone zu erreichen.

»Trrr, trrr!« pfiff der Bademeister erbost. »Sie da, die Dusche ist hier, um im Interesse der allgemeinen Hygiene benutzt zu werden. Ist das klar?«

»Vollkommen klar.«

»Ich gehe wohl nicht fehl in der Annahme, daß auch Sie dieses Schwimmbad von bösartigen Bakterien freihalten wollen.«

»Richtig.«

»Darf ich Sie also bitten, zu duschen.«

»Nein. Das Wasser ist mir zu kalt.«

Der Bademeister sagte kein Wort mehr, doch am nächsten Tag war die Wand mit einem Stacheldraht versehen. Ich eilte zu meinem Wagen, kam mit einer Stahlzange zurück und durchschnitt die bedrohlichen Stacheln. Dann kletterte ich wieder über die Mauer und stürzte mich ins Becken.

Der Bademeister verfolgte mich mit Geierblick.

Am nächsten Morgen reichte die Duschvorrichtung durch ein verlängertes Wasserrohr, das lauter kleine Löcher hatte, über die ganze Mauerlänge. Auf eine derartige List war ich natürlich vorbereitet. Ich öffnete meinen großen, schwarzen Regenschirm, den ich eigens zu diesem Zweck mitgebracht hatte und gelangte, nur leicht berieselt, ans Ziel.

»Trrr, trrr!« erregte sich der Bademeister. »Was soll das? Was haben Sie da?«

»Einen Regenschirm«, sagte ich, »warum?«
In den Augen des Bademeisters loderten Zornesflammen. Daß er mir nicht auf der Stelle den Hals umdrehte, verdankte ich nur der äußerst streng formulierten Badeordnung.
Am anderen Tag stand eine radargesteuerte Regenschirmkontrollanlage am Eingang des Schwimmbades. Ich mußte mir eine neue duschfeste Lösung einfallen lassen.
Es war ganz einfach.
Ich schrumpfte auf Regenwurmgröße zusammen, hielt die Luft an und tauchte durchs Abflußrohr ins Schwimmbad. Vielleicht gibt es eine bequemere Art ein Schwimmbecken trocken zu erreichen, aber der Weg zur trillerlosen Freiheit hat schon immer seine Opfer gefordert.

Schnecken

Neulich fuhr ich mit dem Wagen aus der Stadt, blickte zufällig durchs Seitenfenster und entdeckte eine kleine Schnecke, die entlang der Landstraße ostwärts eilte. Da ich immer schon eine gewisse Sympathie für Schnecken hatte, besonders in Knoblauchsauce, wandte ich mich an sie:

»Wohin willst du, liebe kleine Schnecke?«

»Nach Jerusalem.«

»Das ist aber sehr weit, kleine Schnecke. Darf ich dir helfen? Ich stecke dich in einen Umschlag und schicke dich per Post nach Jerusalem.«

»Sehr freundlich«, antwortete die Schnecke, »aber ich hab's eilig.«

Soweit meine Parabel, die eine nationale Tragödie in einer Nußschale symbolisiert, oder vielleicht besser gesagt, in einem Schneckenhaus.

Ich zum Beispiel habe in letzter Zeit vier Briefe von Tel Aviv nach Jerusalem gesandt und zwar mit folgenden Ergebnissen: Der erste Brief kam nach drei Tagen an seinem Bestimmungsort an, der zweite nach einunddreißig Tagen, der dritte ist noch unterwegs und wurde zuletzt in einem mexikanischen Nightclub gesehen. Was aber mein viertes Schreiben betrifft – und hier wird die Geschichte unglaubwürdig –, so erreichte es Jerusalem in einem halben Tag.

Es wäre völlig ungerecht zu behaupten, daß unsere Post langsam arbeitet. Der richtige Ausdruck wäre vielmehr »sprunghaft«. Warum sollte ich mich also beschweren? Schließlich ist es eine unumstößliche Tatsache, daß alle meine Briefe mit der Zeit angekommen sind und wenn nicht am Bestimmungsort, dann woanders. Und wenn eine Glückwunschkarte nicht zum Neuen Jahr ankommt, dann sicher zu irgendeinem Geburtstag. Und wenn es nicht der Geburtstag des Empfängers ist, so ist es sicher die Silberne Hochzeit irgendeines anderen Staatsbürgers, der viel netter ist und ihn vielleicht nötiger hat. Glückwünsche sind immer willkommen.

Die Regierung hat kürzlich sogar eine Gruppe internationaler Fachleute eingeladen, die unsere seltsamen Postverhältnisse unter die Lupe nehmen sollten. Zum Zeitpunkt ihrer Abreise jedoch waren sie nur mehr nervöse Wracks, und nun laufen die Zustände bei der Post ihrer Länder nach unserem Vorbild ab. Wenn man das Wort »laufen« in diesem Zusammenhang überhaupt gebrauchen darf.

Inzwischen aber glaube ich zu wissen, wo des Rätsels Lösung liegt.

Wenn der durchschnittliche Nah-Ost-Briefträger von seinem täglichen Rundgang genug hat und seine geschwollenen Füße schwer werden, pflegt er sich zu fragen: »Wie komme ich eigentlich dazu, mich so abzuplagen? Soll sich doch die Postdirektion selber um ihre lausige Post kümmern!« Worauf er alle Briefe aus seinem Postsack in den nächsten Postkasten wirft.
Und wer wollte ihm das verübeln? Doch höchstens ein paar Schnecken, die es eilig haben.

Bücherschwemme

Kürzlich ging ich in der Stadt gerade an jener Buchhandlung vorbei, die sich auf hebräische Literatur spezialisiert hat, als plötzlich der Gehsteig unter meinen Füßen nachgab. Ich stürzte in einen finsteren Schacht, schlug hart auf und wurde bewußtlos. Als ich wieder zu mir kam, saß ich mit einem Eiswickel auf dem Kopf und dem Ladenbesitzer neben mir in einem bequemen Lehnstuhl im Geschäft.

»Es tut mir aufrichtig leid, mit solchen Mitteln Kunden werben zu müssen«, entschuldigte sich der Buchhändler teilnahmsvoll. »Sie wissen selbst, daß die Menschen heutzutage immer weniger und weniger lesen, und wenn sie es tun, ist es irgendein ausländischer Schund. Hier versuchen wir dem Publikum den Weg zur wertvollen, hebräischen Literatur zu ebnen, und der einzige Weg, der uns offensteht, ist der, den Sie eben gegangen sind. Aber als Entschädigung darf ich Ihnen mitteilen, verehrter Herr, daß wir eine sensationelle Werbekampagne für hebräische Literatur gestartet haben. Danach erhält jeder Käufer eines unserer

Bücher ein Dutzend frischer, hartgekochter Eier mit den besten Wünschen des Hauses als Draufgabe. Hätten Sie vielleicht jetzt die Güte, mein Herr, in unserem Laden ein Buch zu erwerben?«

»Also gut«, sagte ich und zog ein Notizbuch hervor, das ich ständig in meiner Gesäßtasche trage. »Ich hätte gerne ›Fanny Hill‹ und ›Freude an der Diät‹, sowie einen historischen Roman, dessen Titel ich vergessen habe, aber auf dem Umschlag ist ein tolles, rothaariges Weib auf einem Scheiterhaufen.«

»Aber entschuldigen Sie, mein Herr«, krümmte sich der Ladenbesitzer, »das ist doch alles billiger, amerikanischer Schund.«

»Ich weiß«, erklärte ich, »aber ich lese sowieso keine Bücher. Ich brauche nur einige, die ich unter das kürzere Bein unseres Küchentisches legen kann.«

»In diesem Fall darf ich Ihnen einen anderen Vorschlag unterbreiten, mein Herr. Wenn Sie ein hebräisches Buch kaufen, bekommen Sie als Prämie ein kostenloses Wochenende in Eilat.«

»Ich war schon in Eilat. Aber wenn Sie mir zu jedem hebräischen Buch, das ich kaufe, einen Asterix geben würden...«

»Nein«, schrie der Fanatiker und zog seine Pistole. »Sie kaufen augenblicklich ein hebräisches Buch in zwölf bescheidenen Monatsraten oder Sie sind ein toter Mann.«

Ich kniete mich hin und wartete auf die erlösende Kugel. In diesem Augenblick ertönte eine Glocke, der nächste Passant war in die Grube gefallen und rettete so mein Leben. Ich ging heim und mußte entdecken, daß der hartnäckige Buchhändler mir hinterrücks zwei hebräische Bücher in die Manteltasche geschmuggelt hatte. Unter dem Bein meines Küchentisches hat aber nur ein Buch Platz.
Wie peinlich. Jetzt muß ich auch noch eine Säge kaufen.

Kleingedrucktes

Vorigen Mittwoch wurde ich durch heftiges Klopfen an meiner Wohnungstür geweckt, das von noch heftigeren Fußtritten begleitet war. Von Neugier gepackt öffnete ich die Tür und fand ein bebrilltes Individuum, in dessen Windschatten zwei kräftige Möbelpacker herumlungerten.

»Guten Morgen«, sagte der Bebrillte, »wir kommen von der Immobilien-Bank, um Ihr Mobiliar wegzuschaffen.«

Ich fragte naturgemäß warum, worauf der Bebrillte mir ein Dutzend bedruckter Blätter unter die Nase hielt und mich fragte, ob die Unterschrift auf der gestrichelten Linie die meine wäre?

Ich erkannte sofort die Formulare, die ich vor zwei Monaten als Bürge für meinen Nachbarn Felix Selig unterschrieben hatte, weil er einen Kredit aufnehmen wollte. Leugnen half nichts, ich gestand.

»Na also«, verkündete der Bebrillte. »Hier auf Seite neun, unter der Klausel B 5, Ziffer 138 steht, ich zitiere: ›Ich, der Unterzeichnete, im folgenden Bürge genannt, verpflichte mich, meinen gesamten Hausrat der Immobilien-Bank zu überlassen, wann immer die Direktion der oberwähnten Bank den geeigneten Zeitpunkt dafür bestimmt.«

Mir brach der kalte Schweiß aus. Ich versuchte, die Vorgänge zu rekonstruieren. Ja, ich war zu irgendeinem Beamten in Felix Seligs Hausbank gegangen, um ihm zu sagen, daß es mein Wunsch wäre – Wunsch? – für Seligs Kredit zu bürgen, worauf der Beamte etwa ein Kilogramm eng bedruckter Formulare auf den Tisch legte und befahl: »Unterschreiben Sie hier bitte ... und hier ... und jetzt da ... und da und dankeschön.«

Ob ich den Text gelesen habe?

Haben Sie, verehrter Leser, schon jemals an einem Bankschalter »Krieg und Frieden« gelesen?

»Also tun Sie Ihre Pflicht«, sagte ich dem Bebrillten mit belegter Stimme. Die beiden Gewalttäter stürzten sich auf meine Möbel und wenige Minuten später war meine Wohnung völlig leer. Sie waren gerade dabei, meinen allerletzten Lehnstuhl hinauszutragen, als ein hakennasiger Mensch mit einem Polizisten im Schlepptau des Weges kam.

»Ist das Ihre Unterschrift?« fragte mich der Ordnungshüter, während er auf ein seriös wirkendes Papier hinwies, das ich nach einer Überquerung des Rothschild-Boulevards bei Rotlicht unterschrieben hatte.

Ich identifizierte meine Unterschrift.

»Dann muß ich Sie bitten, mich zum Gerichtshof zu begleiten«, sagte der Polizist, »damit Ihr Todesurteil verkündet werden kann.«

Ich blickte noch einmal auf das Papier. Er hatte vollkommen recht. Auf dem Rothschild-Zettel stand:

»Der Angeklagte gesteht, in Tiberias einen Doppelmord begangen zu haben und wünscht gehängt zu werden.«

Natürlich hatte ich widerspruchslos auf der punktierten Linie unterschrieben.

»Wohlan denn«, flüsterte ich, »ich bin bereit.«

»Einen Moment noch«, sagte die Hakennase, »ich komme in Sachen Herz und Nieren«, und zeigte mir meine Unterschrift auf meiner Lebensversicherungspolice, Seite 12, Absatz 2, § 65/d: »Der Versicherte ist verpflichtet, sowohl sein Herz als auch seine Nieren für jeden beliebigen Zweck zu spenden, den die Versicherungsgesellschaft bestimmt.«

Ich sagte: »Gut, meine Herren, laßt uns gehen, möge ich in Frieden ruhen.«

Das ist alles.

Mein Begräbnis ist morgen mittag.

Gelbfieber

Wir saßen zu viert herum, Dr. Birnbaum, Anwalt Glück, mein Nachbar Felix Selig sowie meine Wenigkeit, um dies und jenes im Allgemeinen, sowie den Weltuntergang im Besonderen zu besprechen. Es war ein angenehmer Abend, die Sonne war schon untergegangen und der Gestank des Mittelmeeres noch nicht bis zur Stadt vorgedrungen.

»Die Modezeitschriften sind der Ansicht«, teilte uns Anwalt Glück mit, »daß der globale Atomkrieg wieder ›in‹ ist.«

»Lächerlich«, sagte Felix, »wo doch die Russen mit den strategischen Marschflugkörpern zur Zeit im Hintertreffen sind. Sie haben höchstens 7030 Stück.«

»Weniger«, warf Glück ein. »Nach meinen persönlichen Informationen höchstens 5500.«

»Einigen wir uns auf 6210«, schlug ich vor.

Dr. Birnbaum, der uns bis dahin mit herablassendem Blick und entsprechendem Lächeln zugehört hatte, übernahm das Gesprächskommando:

»Nun gut«, sagte er, »und was ist mit China?«

»Was soll mit China sein?«

»Ihr Biertischpolitiker! Ihr quasselt über alles mögliche, nur nicht über die Sache! Marschflugkörper? Blödsinn. Das Schicksal des Erdballs hängt ausschließlich von einem einzigen Faktor ab: Was werden die Chinesen tun?«

»Was sollen sie schon tun?«

»Das weiß ich nicht«, sagte Dr. Birnbaum. »Alles, was ich weiß, ist, daß China nach der letzten Volkszählung 1008175288 Einwohner hatte. Haben Sie kapiert, meine Herren? Es gibt über eine Milliarde lebende Chinesen.«

»Eine beträchtliche Menge, ohne Zweifel.«

»Um diese Zahl zu veranschaulichen«, fuhr Dr. Birnbaum fort, »bedenkt folgendes: wenn man eine Milliarde Chinesen aufeinander stellt, würden sie bis an die Sonne reichen.«

»Nie im Leben«, erwiderte Felix, »die würden lange bevor sie auf der Sonne ankommen, zu Chop Suey verschmoren.«

»Darauf würde ich mich nicht verlassen«, äußerte sich Advokat Glück, »die Chinesen sind sehr diszipliniert.«

Vor meinem geistigen Auge versuchten eine Milliarde Chinesen den Himmel zu erreichen. Vor Jahren, als ich noch zur Schule ging, mußte sich der dicke Goldstein im Turnunterricht auf meine Schultern setzen. Nach einigen Augenblicken bin ich geräuschlos unter ihm zusammengebrochen.

Dr. Birnbaum bohrte weiter:
»China hat eine Armee von 150 Millionen Mann. Stellt euch einmal die Militärparade am 1. Mai vor, wenn 150 Millionen Soldaten an der Tribüne vorbeimarschieren.«
Nach kurzer Kopfrechnung kamen wir zu dem Ergebnis, daß es ein ganzes Jahr dauern würde, ehe 150 Millionen Soldaten an der Tribüne vorbeimarschiert wären. Mit anderen Worten, sofort nach dem Ende der Parade müßten sie wieder von vorne beginnen, um im Anschluß daran von neuem anzufangen, ohne Ende, bis zum Weltuntergang. Schrecklich. Für mich persönlich ist bereits ein Anderthalb-Stunden-Spaziergang schlimm genug.
»Meine Herren, ein gut organisierter Bajonettangriff von 150 Millionen Draufgängern kann recht ungemütlich werden«, resümierte Dr. Birnbaum. »Wir müssen unsere Reservisten besser trainieren.«
Danach wandten wir uns der Rüstung zu:
»Ich gebe zu bedenken«, setzte Dr. Birnbaum fort, »wenn die Chinesen für jeden ihrer Soldaten nur eine einzige Uzi-Maschinenpistole made in Israel bestellen würden...«
Uns lief das Wasser im Munde zusammen. Hundertfünfzig Millionen Uzis, mein Gott! Nehmen wir an, daß wir nur 10 Dollar pro Stück verdienen würden... also gut, 5 Dollar...

»Vielleicht sollten wir den Chinesen eine schriftliche Offerte machen«, schlug ich vor.
Dr. Birnbaum warf mir einen vernichtenden Blick zu:
»Glauben Sie, daß die uns brauchen? Wenn die wollten, könnten sie jeden Tag eine neue Waffenfabrik bauen. Wir müssen mit dem Hut in der Hand zu Onkel Sam gehen, damit er uns ein paar schäbige Dollars für die Entwicklung unserer Industrie gibt. Wenn hingegen die Chinesen unsere Mäzene wären und jeder von denen uns nur einen Dollar gäbe, würden bereits 1 008 175 288 Dollar in unserer Kasse klingeln.«
Wir begannen nachzudenken. Donnerwetter, so fragten wir uns, warum sollte uns eigentlich nicht jeder dämliche Chinese drei lausige Dollars spenden? Dann hätten wir eine Summe, die man bestenfalls in Lichtjahren messen könnte...
Die Küste des Mittelmeeres stellte uns auf den harten Boden der Realität zurück, indem sie 1 008 175 288 Moskitos auf uns losließ. »Weg mit euch!« verscheuchten wir sie. »Geht nach China!« Fürwahr, würde jedes dieser Insekten nur einen Chinesen stechen, könnten sie an die 120 000 Kubikmeter Blut aus ihnen heraussaugen. Andererseits wissen wir, daß so ein Moskito öfter als einmal stechen kann. In günstigen Fällen vielleicht dreimal. Das würde abgerundet...
Ich riß mich vom Blutbad los, um die chinesische

Mauer, die sich in unseren Köpfen aufgetürmt hatte, zu durchbrechen:
»Was glaubt ihr, Freunde, wie unsere nächsten Wahlen mit neunzehn Parteien ausgehen werden?« versuchte ich unserem gelblichen Gespräch eine neue Wende zu geben. Ich verstummte aber sogleich, als mir klar wurde, wie albern meine Überlegungen waren. Die große, weltbewegende Frage, die in uns allen schwelte, wurde letztlich von Dr. Birnbaum persönlich in Worte gekleidet:
»Wenn drei Millionen Juden neunzehn Parteien haben, dann müssen das bei einer Milliarde Chinesen 6333 Parteien sein.«
Uns schwanden die Sinne. Genaugenommen können die Chinesen von Glück reden, daß sie keine Juden sind. Andererseits, um Himmels willen, eine Milliarde Juden! Wenn nur die Hälfte von ihnen nach Israel käme, wären wir schon in einer wesentlich besseren geopolitischen Lage. Wir hätten bloß einige Parkplatzprobleme.
Je länger wir in diesen praktischen Gedanken schwelgten, desto größere Möglichkeiten eröffneten sich uns:
»Wenn jeder Chinese nur einmal spuckte«, überlegte Dr. Birnbaum, »dann würde das Mittelmeer überlaufen ...«
Ich blickte auf, und mein Herz stockte. Meine drei Kollegen hatten plötzlich einen gelben Schimmer in ihren Gesichtern.

»Entschuldigt mich«, sagte ich, indem ich hastig aufstand, »ich muß jetzt gehen. Es ist schon spät...«
Dr. Birnbaum grinste mich an:
»Wenn jeder Chinese sich nur eine Minute verspäten würde«, verkündete er, »wäre die Welt heute erst im Jahr 1857. Würden sie sich aber um 15 Minuten verspäten...«
Der erste, der auf ihn losging, war Rechtsanwalt Glück, gleich danach kam Felix. Ich trat erst als dritter nach Birnbaums Schienbein.
»Was ist los mit euch«, brüllte er auf, »seid ihr verrückt geworden?«
»Bedenken Sie«, zischte ich ihn an, »wie es wäre, wenn von einer Milliarde Chinesen Ihnen jeder nur einen Fußtritt gäbe.«
»Mehr«, Dr. Birnbaum wand sich am Boden, »während wir sprachen... kamen 80900 neue Chinesen... zur Welt...«
Wir ließen ihn liegen und ergriffen die Flucht. Kein Wunder, daß ich in dieser Nacht nicht schlafen konnte. Ich begann, Schafe zu zählen und kam bis 71009407.
Am nächsten Morgen stand ich gar nicht mehr auf.
Wozu auch?

Telefonvorrang

»Ein hartnäckiges, schwieriges Volk«, notierte Moses in seinen Tagebüchern, und weiß Gott, er wußte, wovon er sprach.
Er sprach von mir.
Ich werde versuchen, mich verständlich zu machen.
Es geht um die zermürbende Situation, die Ihnen, lieber Leser, sicher nicht fremd ist. Oder haben Sie etwa noch nie im Büro eines Beamten vorgesprochen? Na eben. Sie warteten also vorschriftsgemäß in der Menschenschlange vor seiner Tür, bis Sie endlich Stunden später in das Allerheiligste eingelassen wurden und zwar zu Berkowicz persönlich.
Berkowicz blickte Sie prüfend an und sagte: »Bitte nehmen Sie Platz.«
Sie befolgten seine Aufforderung, während er die letzten Bissen seines belegten Brotes verschlang. Dann hob er seinen Blick und fragte:
»Was kann ich für Sie tun?«
Und genau in diesem Moment, in dem Ihr alter Wunschtraum endlich in Erfüllung zu gehen

schien, die Erledigung Ihrer Angelegenheiten, um die Sie sich seit Jahren bemühten, endlich in Berkowiczens bewährten Händen ruhen sollte – just in diesem schicksalhaften Augenblick läutete das Telefon auf seinem Schreibtisch.
Wer da anrief?
Ich, lieber Leser. Ich war es, der mit Berkowicz sprechen wollte.
Ich weiß, es war rücksichtslos von mir, ich weiß, es war unfair und es gibt überhaupt keine Worte, die mein Betragen rechtfertigen. Aber wir alle leben in dieser Welt wie Wölfe unter Wölfen, jeder für sich und keiner für alle.
Mich hat es schließlich ein volles Leben gekostet, den berkowiczschen Lehrsatz des Telefonvorranges zu entdecken, zu begreifen und anzuwenden.
Er lautet: »Geh unangemeldet zu einem Beamten, und er wird dir die Türe weisen. Unterbrich ein Gespräch eines Beamten, und er wird dich die Treppe hinunterwerfen. Aber störe ihn mitten im Satz per Telefon – und er wird sich geduldig deines Problems annehmen.«
Warum? Das weiß nur Berkowicz. Es ist einfach so. In all den leidvollen Jahren, die ich mich genötigt sah, mit Berufsbeamten zu verkehren, hat mir noch kein einziger am Telefon gesagt: »Wer hat Ihnen erlaubt, mich mitten in der Arbeit zu stören? Sie werden gefälligst warten müssen, so wie jeder andere auch, bis Sie an der Reihe sind!«

Demzufolge denke ich heuer nicht mehr daran, zu warten, bis ich an die Reihe komme. Wenn ich mit Berkowicz zu reden habe und mein Instinkt sagt mir, daß er beschäftigt ist, gehe ich einfach in den Nebenraum, und dort – aus einer Distanz von knapp fünf Metern, nur durch eine dünne Wand getrennt – unterhalte ich mich mit ihm in aller Ruhe. Mit eben jenem Berkowicz, der mich die Treppe hinuntergeworfen hätte, wenn ich dasselbe fünf Meter näher, ohne Telefonhörer in der Hand, versucht hätte...

Die Moral von der Geschichte: Amerikaner wählen Reagan, Deutsche wählen Kohl, ich wähle Berkowicz, Apparat 537.

Gutschein

Als Kind wunderte ich mich immer über die Aufkleber mit der Aufschrift »Presse« an der vorderen und hinteren Scheibe mancher Autos. Denn, obwohl Presse daraufstand, war weit und breit kein Wein zu sehen. Im Lauf der Jahre wurde ich etwas reifer und wunderte mich über ganz andere Dinge. Zum Beispiel darüber, daß die Polizei diese berufsbezeichnenden Schilder nur an Journalisten vergibt und nicht auch an Meteorologen oder Bürstengroßhändler.
Warum diese Diskriminierung?
Mit der Zeit fand ich auch dafür die Erklärung. Denn von dem Tag an, da ich selbst ein polizeiliches Presseschild an meinen Wagen kleben durfte, verpaßte mir dieselbe Polizei dreimal so viele Strafzettel wie in den guten alten, pressefreien Tagen. Natürlich habe ich ein gewisses Verständnis für die Hüter der Ordnung. Wer kann Journalisten schon ausstehen?
Ein symptomatisches Erlebnis hatte ich neulich. Wie jeder Bürger Tel Avivs weiß, wird die eine Seite der Pipkinstraße seit zwei Jahren immer

wieder aufgerissen. Vermutlich, weil man bei der letzten Ausgrabung irgendetwas unter der Asphaltdecke vergessen hat. Daher ist die Straße für den Verkehr gesperrt, was zwei rote Verbotstafeln sowie ein grüner Polizist anzeigen.

Was tut also ein so erfahrener Journalist wie ich, wenn er etwas Wichtiges in der gesperrten Straßenhälfte zu tun hat? Er fährt trotzdem hinein. Die beiden Verbotstafeln zucken teilnahmslos die Achseln, nicht jedoch der Polizist.

»He, Sie da«, sagte er. »Sehen Sie nicht, daß diese Straße für alle Fahrzeuge gesperrt ist?«

»Oh ja«, sagte ich, »aber ich bin von der Presse. Also tun Sie mir den Gefallen und lassen Sie mich hinein.«

»Sie sind also von der Presse«, meinte der Polizist, »ich erschauere in Ehrfurcht, aber Sie können hier trotzdem nicht hinein.«

»Nun gut«, sagte ich, »und was ist, wenn ich doch fahre?«

»Dann kriegen Sie einen Strafzettel.«

»Okay, ich warte.«

»Auf was?«

»Auf den Strafzettel.«

»Warum?«

»Damit ich endlich fahren kann.«

»Das würde Ihnen so passen«, sagte der Polizist pikiert. »Nein, zuerst wird gefahren, dann erst bekommen Sie den Strafzettel.«

»Lassen wir die Formalitäten«, ich versuchte eine gütliche Regelung. »Was haben Sie davon, wenn ich losfahre und Sie mir durch diese Kraterlandschaft nachlaufen müssen. Schreiben Sie das Strafmandat aus und wir vergessen den Fall.«

»Nun gut«, stimmte das Auge des Gesetzes zu, holte seinen Block hervor und schrieb: »Nichtbeachtung eines Verkehrszeichens.« Dann hielt er plötzlich inne und fragte: »Was haben Sie gesagt? Ich soll Ihnen nachlaufen?«

»Ja, durch diese Kraterlandschaft.«

»Sie würden also nicht anhalten?«

»Ich fürchte, nein.«

»Das gibt eine Strafverschärfung.« Das Gesicht des Polizisten verfinsterte sich. Er schrieb: »Nichtbefolgung einer polizeilichen Anordnung.«

Dann fragte er weiter: »Sie hätten mich sicherlich auch beschimpft, nicht wahr?«

»Vermutlich«, gab ich zu.

»Sie hätten mich ›Blöder Plattfuß‹ genannt, oder?«

Dein Freund und Helfer fixierte mich mit zornigem Blick und schrieb: »Beleidigung eines Polizeiorgans im Dienst.«

»Das wird Sie aber teuer zu stehen kommen, mein Herr«, warnte er mich. »Unterschreiben Sie bitte hier.«

Ich unterschrieb, wir schüttelten uns die Hände, und ich wendete um nach Hause zu fahren.
»He«, schrie der Polizist, »wohin fahren Sie? Was ist mit der Verkehrsübertretung?«
»Morgen!« schrie ich zurück. »Morgen früh!«
Morgen werde ich mich bei der Verkehrspolizei nach einem Strafmandatsabonnement erkundigen.

Eßstreik

Ich weiß, es ist schwer zu glauben, aber irgendwann muß die bittere Wahrheit heraus: ich habe noch nie in meinem Leben an einem Streik teilgenommen. Wirklich nicht. Ehrenwort. Fragen Sie mich nicht warum, ich fühle mich ohnehin schon schuldig genug. Ich bin ein Bürger der alten Schule und sowohl psychisch als auch physisch gesund, ich arbeite genausowenig wie jeder andere, und trotzdem habe ich noch nie gestreikt. Nicht einmal für eine halbe Stunde. Es ist soweit gekommen, daß die Leute hinter meinem Rücken abfällige Bemerkungen machen, als ob ich nicht alle meine fünf Sinne beisammen hätte.

Natürlich schäme ich mich, das können Sie mir glauben. Ich fühle mich wie ein Ausgestoßener. Wie ein Trottel. Ein Gastarbeitsloser. Die Schuster haben schon gestreikt, die Briefkasten- und Müllkübelleerer, der gesamte Lehrkörper, die Räuber und die Gendarmen, die Friseure, die Masseure und die Chauffeure, die Docker und die Rocker, die Gas-, Licht-, Wasser- und Bankkassierer, die Fischer und die Fische, die Fliegen und die

Fänger, kurz gesagt, jedermann und sein Schwager.
Nur ich stehe da, ohne je gestreikt zu haben.
Das grenzt an einen Skandal. Ich habe daher beschlossen, diese Schmach fortan nicht länger zu ertragen. Nächste Woche, in aller Herrgottsfrühe, begebe ich mich nach Jerusalem, beziehe vor dem Amt des Premierministers Posten und erkläre meinen Streik. Und weil handelsübliche Streiks von keinem Menschen mehr beachtet werden – schließlich hat es sie ja schon in sämtlichen Variationen gegeben, als Sitz- und Liegestreik, als Hungerstreik, als Lucky Strike – habe ich die Absicht, eine neue Form des Streiks zu erfinden.
Einen Eßstreik.
Genauer gesagt, ich werde mich vor den Augen der politischen Funktionäre mit Leckerbissen aller Art vollstopfen. Ich werde ungarische Salami und böhmische Leberwurst zu mir nehmen, Beefsteak und Gänsebraten, Cremeschnitten, Apfelstrudel und Bienenstich. So lange, bis die Papiertiger im Regierungsgebäude vor Neid zerplatzen und sich bereit erklären, meine Bedingungen bedingungslos anzunehmen – wenn ich nur das Fressen einstelle.
Und dann werde ich diesen Koryphäen mitteilen, daß ich nicht aufhören kann, denn im Unterschied zu allen anderen ist mein Streik gleichzei-

tig der Zweck meines Streikes. Und das wird meine Rache sein.
Sollte irgendeiner meiner Leser sich ebenso frustriert fühlen, ist er herzlichst eingeladen, möglichst mit Kalbsmedaillons in zartpikanter Sauce (Preiselbeeren erwünscht) ausgerüstet, an meinem Streik teilzunehmen.
Wie hat doch Genosse Lenin so schön gesagt: »Wir haben nichts zu verlieren, außer unseren Appetit «

Notruf

Als ich kürzlich spät abends nach Hause kam, sah ich unseren Nachbarn Felix Selig vor dem Haustor mit einem maskierten Fremdling auf Tod und Leben kämpfen. Hier will ich der Ordnung halber vermerken, daß die rechte Hand des Maskierten ein Fleischmesser umklammerte, von dem sich mein Nachbar Felix nicht ganz zu Unrecht bedroht fühlte.

Wie von einem Nachbarn meiner Güteklasse nicht anders zu erwarten, wußte ich natürlich, was ich zu tun hatte: unverzüglich die nächste Polizeistelle zu benachrichtigen.

Ich stieg über die beiden hinweg, stürzte ins Haus, sprintete die Treppen hinauf, eilte grußlos an meiner Familie vorbei, ergriff das Telefon und wählte Eins-Null-Null. Am anderen Ende war sofort eine beruhigende, sonore Stimme zu vernehmen:

»Polizei.«

Ich brüllte in den Hörer, daß mein Nachbar Felix von einem Gangster bedroht werde, der mit einem riesigen Messer...

»Einen Augenblick«, unterbrach mich Eins-Null-Null, »wer spricht dort?«
Ich sagte ihm, daß ich es wäre, worauf er nach meinem Namen fragte. Ich gab ihm meinen Namen durch. Er verstand ihn nicht.
»K wie Kamel«, brüllte ich, »I wie Ipsilon, S wie Sicherheit, H wie Höhenluft, O wie Oma und N wie Napoleon.«
»Wie was?«
»Wie Napoleon. *Napoleon!*«
»Welcher Napoleon?«
»Den französischen Kaiser meine ich.«
»Also K wie Kaiser.«
»Nein, Napoleon, mit N.«
»Entscheiden Sie sich, bitte.«
»Nena.«
»Ist sie Französin?«
»Nein.«
»Aber Sie haben vorhin einen französischen Kaiser erwähnt.«
»Vergessen Sie's.«
»Meinten Sie vielleicht Napoleon Bonaparte?«
»Ja, genau den.«
»Was ist mit ihm?«
»Er ist tot. Aber mein Nachbar noch nicht. Hoffentlich. Er wird von einem Gangster mit einem Messer bedroht.«
»Moment. Wie ist Ihr Vorname?«
Ich nannte meinen Vornamen.

»Die Polizei muß in diesen Dingen sehr genau sein«, erklärte mein Gesprächspartner. »Nur so ist es möglich, einen Anrufer später zu identifizieren, falls er die Polizei irregeführt hat.«

Ich versicherte ihm, ich hegte die ehrenhaftesten Absichten.

Dann erkundigte sich Eins-Null-Null nach meinem Beruf.

Und dann nach meiner Adresse.

»Ramat Gan«, sagte ich, »Reuvenistraße 64, Block 3, Tür 7.«

»Wo ist das?«

»Das ist sehr einfach«, erklärte ich ihm. »Sie fahren mit dem Autobus Nr. 21 bis zum Friedhof, dort steigen Sie aus, biegen nicht die erste, nicht die zweite, aber die dritte Straße nach rechts ab, dann noch einmal nach rechts, dann gehen Sie geradeaus, bis Sie die großen weißen Häuser mit den hellgrünen Rolläden sehen. Das ist die Reuvenistraße.«

»Ja, ich kenne die Gegend. Warum erzählen Sie mir das eigentlich alles?«

»Lassen Sie mich einen Moment überlegen«, ich dachte nach. »Leider fällt es mir im Augenblick nicht ein. Ich habe es irgendwie vergessen. Bitte, entschuldigen Sie die Störung.«

»Nicht der Rede wert.«

In der Nacht, die auf Seligs Trauerfeier folgte, hatte ich einen Alptraum: Ich jagte mit einem

Bluthund die Polizei. Vergeblich. Der Bluthund hieß Napoleon.
Mit Z wie Polizei.

Post mortem

In gut unterrichteten Kreisen ist es längst kein Geheimnis mehr, daß im gelobten Land eine bemerkenswerte Inflationsrate von 400 Prozent pro Jahr herrscht. Jedenfalls war sie heute morgen noch nicht höher.

Die Lage ist allerdings nicht ganz so ernst, wie sie sich anhört. Manchmal können ganze Stunden vergehen, ohne daß die Preise erhöht werden.

Wie dem auch sei, auch ein so gut prosperierendes Wirtschaftsgefüge kann nicht umhin, mit der Zeit die Mentalität der Bevölkerung entscheidend zu prägen. Dieser Mißstand wurde mir an dem Tage bewußt, als unser Hofelektriker namens Abulafia kam, um irgendwelche ausgefransten Kurzschlußkabel zu reparieren. Nach getaner Arbeit hinterließ er auf dem Küchentisch eine detaillierte Rechnung, die er auf eine leere Zigarettenschachtel hinkritzelte: »2400 Shekel bis morgen mittag abzuliefern in Jaffa, Balkanstraße 12, Abulafia.«

Wir verfielen in Panik.

»Wenn Abulafia bis morgen mittag sein Geld nicht hat«, sagte die beste Ehefrau von allen,

»wird er uns nie wieder etwas reparieren. Ephraim, du mußt morgen früh sofort nach Jaffa und diesem Gauner sein schmutziges Geld bringen.«
»Morgen kann ich nicht«, erwiderte ich. »Ich muß zur Stadtverwaltung, um ein Ratenabkommen für die Wasserrechnung vom Swimmingpool des Hilton-Hotels zu vereinbaren, die wir seit zwei Jahren irrtümlicherweise zugestellt bekommen.«
»Dann schick diesem Abulafia das Geld.«
»Wie?«
»Mit der Postsparkasse. Wir haben doch seine Adresse.«
»Du weißt, daß Abulafia keinen Scheck annimmt«, erinnerte ich sie, »die Leute vom Finanzamt kennen ihn nicht, und er zieht es vor, diesen Status beizubehalten.«
»Von mir aus«, konzidierte die beste Ehefrau von allen. »Aber die Postsparkasse ist keine normale Bank. Und du kannst dem Mann dort immer noch erzählen, daß du diesem Abulafia keinen Lohn zahlst, sondern ihm nur eine steuerfreie Wohltätigkeitsspende schickst.«
Der Mann-dort erwies sich als das Mädchen-dort. Rundlich, drall und made im Nahen Osten wie die meisten ihrer Artgenossinnen auf der Post. Es dauerte eine ganze Weile, ehe ich sie aus der Nähe betrachten konnte, denn vor ihrem Schalter befand sich eine längere Schlange, die sich nur

sehr träge vorwärtsbewegte. Die Leute vor mir machten auch entsprechend treffende Bemerkungen über Schneckentempo und das durchaus mit Recht.

»Guten Tag«, sagte ich höflich zur Drallen, als ich ihr endlich gegenüberstand. »Ich möchte bitte ein Geldüberweisungsformular über 2400 Shekel.«

Die Dralle richtete ihre Augen auf mich. Sie waren in einem hübschen Schokoladenbraun gehalten, wenn auch in Erbsengröße.

»Wohin wollen Sie diese lächerliche Summe senden?«

»Nach Jaffa«, sagte ich ihr, »an Abulafia.«

»Warum überweisen Sie das nicht durch Ihre Bank?«

»Ich kenne Abulafias Kontonummer nicht.«

Das rundliche Fräulein durchdachte die Lage. »Sie können das Geld mit der Post schicken«, lautete das Ergebnis, »aber es wird mindestens zehn Tage dauern, bis Ihr Abusowieso es bekommt.«

»Die Post wird doch nicht schon wieder streiken, oder?«

»Keine Ahnung«, sie zuckte die Achseln, »ich weiß nur, daß ich gestern einen Brief meiner Schwester aus Jerusalem bekommen habe, der zwei Wochen lang unterwegs war.«

Ich fühlte, wie mir das Blut aus den Adern wich. Wenn Abulafia nicht bis morgen mittag sein Geld bekam... bei fünfhundertprozentiger Inflation ... bin ich ihm in zehn Tagen doppelt so viel schuldig ...

»Also, was soll ich tun?« flehte ich die Dralle an. »Geben Sie mir einen Rat.«

»Warum schicken Sie ihm nicht einen ganz normalen Barscheck?«

»Aber der würde ja auch mit der Post befördert werden.«

»Ach ja«, pflichtete die Dralle mir bei, »daran habe ich nicht gedacht.«

Wir versanken in tiefes Schweigen und dachten angestrengt nach. Einige ungezogene Grobiane hinter mir begannen taktlose Bemerkungen über Schneckentempo und ähnliches zu machen, doch wir sahen elegant darüber hinweg, die Dralle und ich.

»Hören Sie zu«, brach sie unser Schweigen. »Vielleicht brauchen Sie unsere Postsparkasse gar nicht. Stecken Sie das Geld einfach in ein Kuvert und adressieren Sie es an den Sowieso. Moment!« Sie griff nach dem Telefonhörer und wählte eine Nummer. Sie war besetzt.

»Ich wollte mich nur erkundigen, ob die Briefträger morgen streiken«, erläuterte sie. »Man kann nie wissen.«

Die Unruhe hinter mir glich inzwischen einer kleinen Revolte.

»Die Inflation hat Postanweisungen fast unmöglich gemacht«, vertraute mir die Dralle an. »Neulich wollte ich einer Freundin in Haifa 3000 Shekel schicken, weil sie mir vorigen Sommer 30 Shekel geborgt hatte. Aber sie beschwor mich, das Geld keinesfalls mit der Post zu schicken, was ich durchaus verstehen kann.«

Man kann über meine Dralle sagen, was man will, als Postbeamtin besaß sie erstaunliche Objektivität. Inzwischen versuchte sie wieder, wegen des Poststreiks zu telefonieren, aber die Leitung war besetzt.

»Wissen Sie«, erzählte sie mir, »ich habe einen Onkel in Haifa. Er ist dorthin gezogen, nachdem er seine Frau wegen irgendeiner kleinen Schlampe verlassen hatte. Er ist als Versicherungsagent sehr viel unterwegs, verstehen Sie. Also ich überreichte ihm meine 3000 Shekel und Sie werden es nicht glauben: ich gab ihm das Geld um drei Uhr hier in Tel Aviv und um fünf war es bei Rachel in Haifa.«

»Tss«, sagte ich bewundernd. »Kommt Ihr Onkel nicht auch hin und wieder nach Jaffa?«

»Ich weiß nicht, ich kann ihn nur über seine Frau erreichen, aber im Moment haben sie alle Beziehungen abgebrochen. Wegen dieser kleinen Schlampe.«

Zu meinem größten Bedauern mußte ich also einsehen, daß ich selbst mich des Onkels nicht bedienen konnte. Wegen der kleinen Schlampe. Das Leben ist neuerdings hart geworden.

»Ich will Sie nicht länger aufhalten, Fräulein«, ich

schlug die Augen nieder, »ich glaube, ich werde das Geld doch über Ihre Postsparkasse anweisen lassen.«

Ich konnte spüren, wie meine Dralle hinter ihrem Postschalter steif und formell wurde. Offensichtlich hatte sie meine Entscheidung als persönliche Beleidigung aufgefaßt.

»Bitteschön«, äußerte sie in frostigem Amtston, »wie Sie wünschen.«

Sie holte ein Bündel Formulare aus einem Regal hervor.

»Ich muß Sie in Kenntnis setzen, mein Herr, daß der Empfänger den Betrag innerhalb von zwei Monaten abholen muß.«

»Jawohl, Fräulein«, sagte ich untertänig. »Ich hoffe, daß der Postweg nach Jaffa nicht zwei Monate dauern wird.«

Im Ton der Betrogenen fügte sie hinzu:

»Ich möchte Sie warnen: wenn diese Anweisung auf dem Postweg verloren geht, kann jeder, der sie findet, das Geld abheben!«

»Ich weiß, ich weiß«, hauchte ich, ohne den Blick zu heben. »Dieses Risiko, mein Fräulein, muß ich eingehen.«

Sie würdigte mich keiner Antwort. Durch das Schalterfenster schmiß sie mir etliche Formulare zu und sagte höhnisch: »Füllen Sie jedes einzelne Formular aus, und stellen Sie sich wieder hinten an.«

Ich ging auf Zehenspitzen davon und machte mich an die Arbeit. Ich schrieb: Jaffa. Jaffa. Jaffa. Abulafia. Abulafia. Abulafia. Wieder und wieder, wie ein Schüler, der nachsitzt. Dann ging ich auf allen Vieren an das Ende der trägen Schlange, und wenn ich nicht gestorben bin, dann krieche ich noch immer mit, für ewig oder bis zum Ende der Inflation, was auf dasselbe herauskommt.

Wunderwaffe

Dieser Tage kaufte ich einen geräucherten Fisch. Während ich heimwärts schlenderte, las ich im Abendblatt, in welches besagter Fisch gewickelt war, daß die Behörden über die steigende Unfallrate im Straßenverkehr höchst besorgt waren. Ich beschloß, der Ursache des Übels auf den Grund zu gehen.
Wie wir wissen, gibt es ein ungeschriebenes und trotzdem überall gültiges Gesetz der Straße. Demzufolge scheinen Autofahrer verpflichtet zu sein, einander prinzipiell mit »Idiot« anzusprechen. Dieses Grundgesetz – der Lateiner nennt es »jus incivile« – ist zur eisernen Tradition geworden, etwa so, wie man bei festlichen Anlässen »Dreimal Hoch« ruft.
Autofahrer, die bei der geringsten Provokation, oder auch ohne diese, nicht bereit sind, das Schlachtgeschrei »Idiot« anzustimmen, gelten als nicht vertrauenswürdig. Sie sind entweder Anfänger, die man nicht auf die Straße lassen sollte, gefährliche Exzentriker oder bestenfalls ausländische Gäste, die unter Höflichkeitszwang stehen.

Ich für meinen Teil als echter Kavalier am Steuer bin es seit Jahren gewohnt, jedem Straßenkameraden, der versucht, mir die Vorfahrt zu verweigern, der mich schneidet, überholt oder sonst irgendwie unsympathisch auffällt, durch das eiligst heruntergedrehte Wagenfenster mit donnernder Stimme zuzubrüllen:

»Iiidiooot!«

Normalerweise geht mein »Iiidioot!« in dem ebenso lautendem Autofahrergruß meines hochgeschätzten Gegners unter und wir setzen wütend unseren Weg fort. Doch manchmal passiert es, daß so ein Idiot aussteigt, breitspurig auf mich zukommt und schreit:

»Kannst du nicht aufpassen, du Kretin?«

Meine höchst phantasievolle Antwort auf eine solch unqualifizierte Attacke lautet üblicherweise:

»Warum paßt du nicht selber auf, du Armloch!«

(»Armloch« halte ich für einen besonders raffinierten Schachzug: das Wort erinnert vage an irgend etwas anderes, ist aber nicht klagbar.)

Das war die Lage bis vor rund einem Monat. Dann allerdings widerfuhr mir etwas völlig Unerwartetes.

Ich war unterwegs ins Stadtzentrum und bog links ab, ohne ein entsprechendes Zeichen zu geben, und vernahm das Quietschen notgebremster Reifen, begleitet von dem obligaten »Iiidiooot!«

Gleich darauf kam der Verursacher des ohrenbeleidigenden Quietschens, ein vierschrötiger Hüne, auf mich zu. Doch noch ehe er sein Wutgeschrei loswerden konnte – ich weiß bis zum heutigen Tag nicht, was da eigentlich in mich gefahren ist –, entglitten meinem Mund unbegreifliche Worte:
»Tut mir wirklich leid«, hörte ich mich sagen, »Sie sind völlig im Recht. Ich habe vergessen zu blinken.«
Der Mann war sprachlos. Er wich einen Schritt zurück, als habe er eine schallende Ohrfeige erhalten, taumelte wie benommen zu seinem Wagen zurück und fuhr blindlings davon. Die Trance dürfte noch eine Weile angehalten haben, denn ich sah, wie er kurz danach auf den Gehsteig fuhr und in eine Stoptafel krachte.
Von dieser Wunderwaffe mache ich seither tagtäglich Gebrauch. Wann immer mich ein idiotischer Autofahrer anbrüllt: »Iiidiooot!, kannst du nicht aufpassen?«, sage ich höflich: »Verzeihen Sie vielmals, es war eindeutig mein Fehler.«
Ich glaube nach diesen Ausführungen sagen zu dürfen, daß meine mörderische Wunderwaffe zu einem nicht unwesentlichen Teil für die steigende Unfallrate verantwortlich ist.

Bamramstraße

Seit der Staatsgründung fordert unsere Regierung uns regelmäßig auf, die Touristen gut zu behandeln. Sie verlangt, daß wir ihr Gepäck tragen, ihnen den Weg zum Museum zeigen und ihre Valuten zum anständigen Schwarzmarktkurs wechseln.

Ich finde das lächerlich. Erstens *sind* wir von Natur aus äußerst hilfsbereit, und zweitens sind andere Völker auch nicht so schrecklich zuvorkommend. Im Gegenteil, in ihrem tiefsten Inneren sind sie ausgesprochen unhöflich, nur bemerkt man es nicht, weil sie nach außen hin so ausgesprochen höflich sind.

Fragen Sie nur einmal in irgendeiner fremden Stadt irgend jemanden nach irgendeiner Adresse. Der Befragte wird ein gerütteltes Maß an gutem Willen heucheln und affektiert flöten:

»Ich bringe Sie gerne hin, wenn es Ihnen recht ist.«

Dann wird er sich an Ihre Fersen heften und den ganzen langen Weg die Schönheiten seiner Stadt preisen. Am Ziel angelangt, wird er sich sogar dafür bedanken, daß er Ihnen behilflich sein

durfte. Aber kaum sind Sie außer Hörweite, wird er Sie höchstwahrscheinlich mit Flüchen bedenken, die selbst einen hartgesottenen Matrosen erröten ließen.
Also frage ich, ist dem Minister mit solch einem Getue gedient? Legt er wirklich Wert auf so eine Maskerade? Um wieviel ehrlicher ist doch der kleine Mann auf der Straße des Nahen Ostens. Nach einer Adresse befragt, antwortet er: »Hauen Sie ab!« Das entspricht nämlich in diesem Moment seiner aufrichtigen, persönlichen Überzeugung. Keine Heuchelei, kein Theater, dafür aber Zivilcourage.
Zur Erläuterung ein Beispiel aus dem Alltag.
Einer meiner amerikanischen Vettern zweiten oder dritten Grades besuchte uns. Eines Tages hatte er sich in seinen riesigen Wagen gesetzt, um einen anderen unserer zahlreichen Vettern aufzusuchen, der an der Bamramstraße wohnte. Natürlich verlor er sich schon bald im Tel Aviver Dikkicht und fragte einen Passanten nach dem Weg.
»Ein Fremder wie Sie, mein Herr«, sagte der einfache Mann von der Straße, der vermutlich einen langen Arbeitstag hinter sich hatte, »ein Fremder wie Sie wird die Bamramstraße niemals finden. Wenn Sie möchten, steige ich ein und zeige Ihnen den Weg.«
Sprach's, stieg in den Wagen meines Vetters und lotste ihn unermüdlich eine halbe Stunde lang

rechts und links durch den dichtesten Verkehr, bis sie schließlich in einer bezaubernden, kleinen Gasse landeten. Da stieg der einfache Mann aus und sagte: »Hier wohne ich. Danke schön.«
Mein Vetter fragte:
»Aber wo ist die Bamramstraße?«
Darauf erwiderte der einfache Mann:
»Ich habe keine Ahnung. Am besten, Sie fragen jemanden. Hier ist sie jedenfalls nicht. Auf Wiedersehen. Ich wünsche Ihnen ein angenehmes Wochenende.«
Es war ein Dienstag.
Als mein Vetter zweiten oder dritten Grades mir am Tag danach die Geschichte erzählte, zitterte er noch immer vor Wut. Ich kann es aber nicht leiden, wenn ein dahergelaufener Tourist an meinen Landsleuten herumnörgelt.
»Ihr Touristen seid eigenartig«, sagte ich pikiert. »Ihr glaubt, mit euren Taschen voller Devisen könnt ihr Euch alles erlauben!«
Außerdem gibt es keine Bamramstraße in Tel Aviv.

Kinderspiele

Kürzlich träumte mir, ich sei der Bewohner eines fernen Planeten, ein Wesen, gesegnet mit einer Intelligenz, die jener auf dem kleinen, schäbigen Globus weit überlegen war. Ich blinzelte durch ein gigantisches Teleskop und betrachtete die Vorgänge auf der Erde. Es war wirklich interessant. Da konnte man zwei entzückende kleine Kinder beobachten, die einen Ball hin und her warfen und einander dabei anbrüllten:

»Du bist blöd!« schrie das eine.

»Du bist noch viel blöder!« das andere.

»Esel«, erwiderte das erste.

»Flasche!« gab das zweite zurück.

»Laß uns doch spielen«, schlug das erste vor.

»Mag nicht«, sagte das zweite.

»Ich«, das erste Kind begann aus einem Büchlein vorzulesen, »ich kann nicht umhin, die widrigen Umstände dieser bedrohenden Prozedur anzuprangern, die mit den fundamentalen Voraussetzungen einer weltweiten Entspannung unvereinbar sind. Sie stellen vielmehr eine eklatante Verletzung der akkreditierten Vereinbarung bezüglich

einer adäquaten Abrüstungspolitik dar und erzeugen somit ein politisches Klima, welches sinnvollen Gesprächen diametral entgegensteht.«
»Trottel!« erregte sich das zweite Kind: »Hau ab!«
»Hau selber ab!«
»Ich kleb dir eine!«
»Mamiii!«
Dann vernahm ich ein komisch klingendes »Bumms«, eine Pilzwolke stieg auf, und der kleine Planet verschwand spurlos.
Schade.
Sie waren so lustig anzusehen.

Unter zwei Augen

Aus Anlaß eines besonderen Geburtstages hat mich mein Verleger aufgefordert, ein Interview mit mir selbst zu machen. Zuerst wollte ich das Angebot nicht annehmen. »Das Verhältnis zwischen mir und mir ist momentan nicht gerade das beste«, erklärte ich. »Ich fürchte, es käme keine fruchtbare Zusammenarbeit mit Kishon zustande.« Nach langem Zureden gab ich schließlich nach und besuchte mich zu Hause. Das Gespräch verlief zunächst reserviert, aber ohne nennenswerte Zwischenfälle. Der Jubilar konnte seine Enttäuschung nur schlecht verbergen:

Kishon: Hätte die Redaktion nicht einen jüngeren Journalisten schicken können?

Ephraim: Entschuldigen Sie, ich fühle mich durchaus imstande, ein überflüssiges Interview mit Ihnen zu machen.

Kishon: Nehmen Sie es bitte nicht persönlich. Ich schätze, wir haben den gleichen Jahrgang, nicht wahr? Ich weiß aus eigener Erfahrung, daß die Reaktionen in unserem Alter ein wenig nachlassen. Die grauen Zellen entfliehen scharenweise dem Gehirn, und das Erinnerungsvermögen läßt gefährlich nach.

Ephraim: Seit wann leiden Sie daran?

Kishon: Woran?

Ephraim: An der Vergeßlichkeit?

Kishon: Welcher Vergeßlichkeit?

Der alte Schreiberling macht äußerlich einen hervorragenden Eindruck. Man würde ihm nicht mehr als 58 oder 59 geben. Besonders die Wimpern wirken jugendlich.

Ephraim: Sie sehen blendend aus, lieber Meister. Ich schwöre Ihnen, als Mädchen würde ich ...

Kishon: Was sollte ich denn mit einem 60jährigen Mädchen?

Ephraim: Je nach dem.

Kishon: Hören Sie, mein Freund: ich fühle mich nicht alt, weil ich so viele Jahre hinter mir habe, sondern weil nur noch so wenige vor mir liegen.

Ephraim: Sie erinnern sich doch an ...

Kishon: Ja, ich weiß, Adenauer.

Ephraim: Genau. Er war über 90 und Herr all seiner Sinne.

Kishon: Eben. In meinem Alter kann ich noch Kanzler werden. Für einen Grundschullehrer allerdings wäre es zu spät.

Ephraim: Verehrter Meister, jeder ist so alt, wie er sich fühlt.

Kishon: Diesen Blödsinn können nur junge Esel glauben. Um sein wahres Alter zu kennen, braucht der Mensch nichts zu fühlen, ein Blick in den Reisepaß genügt. Natürlich bleibt jeder in einem bestimmten Alter stehen. Ich zum Beispiel bin seit 14 Jahren 46.

Ephraim: Ich für meinen Teil bin 4 seit 56 Jahren.

Kishon: Das merkt man. Aber die Ernüchterung bleibt nicht aus. Man nimmt nach 40 Jahren an einem Klassentreffen teil und hat den Eindruck, jeder habe seinen Großvater geschickt. Man fixiert einander und sagt zu sich selbst: um Himmels willen, sehe ich etwa auch schon so aus? Man gerät in allerhöchste Panik, und genau dann kommt ein verschrumpelter Greis und sagt: »Mensch, du hast dich überhaupt nicht verändert ...«

Ephraim: Ist Ihnen das tatsächlich passiert?

Kishon: Was passiert?

Ephraim: Klassentreffen ...

Kishon: Was für ein Treffen?

Ephraim: Greis ...

Kishon: Wovon reden Sie eigentlich? Also ehrlich, einen jüngeren Journalisten hätte ich wirklich vorgezogen ...

Er trägt eine randlose Brille, sieht sonst aber phantastisch aus. Hat gutfrisierte, weiße Haare, wenn auch nicht in ausreichender Menge. Er raucht nicht, was man sofort an seiner fiebernden Nervosität merkt.

Kishon: Sagen Sie, müssen wir immer nur über mein Alter sprechen? Gibt es keine anderen Themen?

Ephraim: Welche Pläne haben Sie für die Zukunft, Herr Kishon?

Kishon: Welche Pläne kann man in meinem Alter schon haben? Ich werde 60. Ich stehe vor dem Torschluß.

Ephraim: Sie übertreiben. Im Fußball zum Beispiel sind gerade die letzten Minuten die aufregendsten.

Kishon: Gewiß. Aber das Leben ist kein Fußballspiel, es ist ein unvergeßlicher, kurzer Urlaub. Und die letzten Tage sind bekanntlich recht traurig.

Ephraim: Es gibt Ausnahmen...

Kishon: Ja, Adenauer.

Ephraim: Richtig.

Kishon: Mißverstehen Sie mich bitte nicht, ich fühle mich im großen und ganzen ausgezeichnet. Was mich stört, sind nur die kleinen Nebenerscheinungen des Alters. Plötzlich gibt es überall zu viele Treppen, und die Polizisten werden von Jahr zu Jahr jünger. Auch die Rangfolge der ernsthaften Dinge ändert sich schlagartig. Krampfadern werden wichtiger als Atombomben. Man durchläuft auch eine hormonelle Umwandlung. Seit einiger Zeit ertappe ich mich zum Beispiel dabei, daß ich die Zahnpastatube in der Mitte zusammendrücke. Eine rein feminine Reaktion. Und hier darf ich meinen Opa zitieren. Er hat eine unfehlbare Definition auf die Frage gefunden, wann der Mensch wirklich alt wird.

Ephraim: Wann denn?

Kishon: Wenn er beim Pipimachen Zeitung liest.

Ephraim: Sind Sie schon so weit?

Kishon: O ja. Ich löse Kreuzworträtsel. Wenn ich meine Brille finde.

Ephraim: Aber Maestro, eine Brille ist doch kein Altersindiz. Es gibt 90jährige, die noch ohne Brille lesen.
Kishon: Wer zum Beispiel?
Ephraim: Na, wer schon...
Kishon: Adenauer?
Ephraim: Wer ist das?
Kishon: Der Kanzler...
Ephraim: Nie gehört.
Kishon: Bißchen senil, was?
Ephraim: Werden Sie gefälligst nicht persönlich. Ihre eigene Verkalkung ist längst im fortgeschrittenen Kreidestadium.
Kishon: Auf alle Fälle würde ich sie nicht gegen deine Nierensteine eintauschen.
Ephraim: Du bist selbst ein Fund aus der Steinzeit.
Kishon: Und du eine schlechtpräparierte Mumie.
Ephraim: Dinosaurier.
Kishon: Neandertaler.
Ephraim: Herr Kishon, ich danke Ihnen für dieses Gespräch